U0144302

諸島國遊記

A Voyage to Laputa Balnibarbi, Luggnagg, Glubbdubdrib and Japan

作者 / 強納森・斯威夫特

繪者 / 湯姆士・摩頓

譯者 / 史偉志

J. Swift.

國家圖書館出版品預行編目資料

格列佛遊記 3：諸島國遊記 / 強納森‧斯威夫特
(Jonathan Swift) 文；湯瑪士‧摩頓圖；史偉志譯.
-- 新北市：韋伯文化國際, 2021.06
　　面；　公分 . -- (世界文學藏；9)
譯自：A Voyage to Laputa, Balnibarbi, Luggnagg,
Glubbdubdrib and Japan
ISBN 978-986-427-396-6 (平裝)

873.596　　　　　　　　　　　　109018859

┃ 格列佛遊記 3：諸島國遊記　　世界文學藏 9

作　　　者	強納森‧斯威夫特
繪　　　者	湯瑪士‧摩頓
譯　　　者	史偉志
發 行 人	陳坤森
責任編輯	李律儀、黃心彤、高惟珍 等
美術編輯	李季芙
出 版 者	韋伯文化國際出版有限公司
地　　　址	新北市永和區永和路二段 285 號 6 樓
電　　　話	(02)22324332
傳　　　真	(02)29242812
網　　　址	www.weber.com.tw
臉書專頁	www.facebook.com/estersbook
電子信箱	weber98@ms45.hinet.net
出版日期	2021 年 6 月
I S B N	978-986-427-396-6
定　　　價	220 元

目錄
CONTENT

諸島國遊記地圖

未知之地

詹姆士灣地
羅賓島
蘇爾蒙灣
耶所
克納爾
高麗海
桑達島
凸比亞
日本
托伊港
赤港
房州港
翁吉路克吉島
南島
東薩島
番戶島
迪米里斯海峽
塔納西瑪島
德賽塔島
巫拉克・杜瑪

忍術角
康培尼島
史泰特島
交流
葛蘭斯葛恩
馬多納達
格魯都錐比
拉格納格
克倫美尼格

拉普達
巴尼巴比
於一七〇七年發現

拉普達飛行原理示意圖

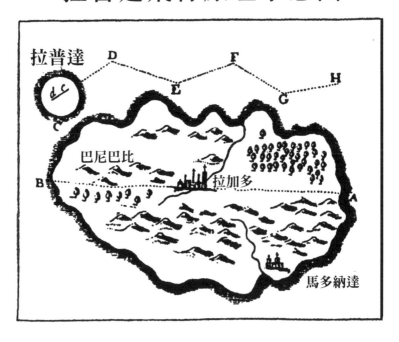

【格列佛遊記】（第三冊）

諸島國遊記 [1]

註解

　　1 正如我們所見，在前兩冊格列佛的旅程中，作者斯威夫特有意諷刺惠格黨政權及其成員，特別是羅伯特‧瓦波爾。作者也同時批評英格蘭政治機構的缺陷。第三冊旅程目的地是拉普達，就是用來嘲弄斯威夫特當時的數學家與科學家，特別是他積怨已久的皇家科學院成員。即使是斯威夫特，如此浩大的工作也是過於魯莽，因此不如前兩部遊記來得成功或有趣。

　　以下說法或許過於嚴厲，迪‧摩根教授表示：「他的成功源自於讀者對他嘲弄的階級所知甚少，而他本人也是一知半解。如果試圖抨擊一無所知的事物，不論是以虛構作品或嚴謹的論調呈現，對批判者而言，都十分危險。」華特‧史考特說：「斯威夫特只是研究純文學的學者，即使對人類與人性的的認知淵博，仍不足以引導他完成需要艱深科學知識的事務。而阿巴斯諾特的協助，則是這項任務中不可或缺的一部份。」然而，阿巴斯諾特身為皇家科學院傑出成員，不認同對其進行批判，因此我們能推斷，他並未提供作者任何協助。這也難怪斯威夫特有時對他所批判的教條顯得一無所知。

　　不過，公允地譴責斯威夫特的同時，我們也必須記得，

他確實揭露了一群麻木不仁、惡貫滿盈之人，貢獻良多。那些江湖郎中只是掌握了科學知識的一點兒皮毛，剛好夠讓他們運用所謂的新發現作為佐證，欺瞞大眾。社會上各式各樣的人欣然接受這些資訊，最後自取其辱。

歐瑞里領主以有些矯柔的語調說：「他嘲諷這些魯莽之人徒勞無功的試驗，以及那些魯莽之人不合常理的表現，像是伊克西翁去擁抱雲朵幻化出的假物，而非真正的女神，讓世界遭到半人馬的踐踏；同時，天神朱比特不去擁抱愛妻朱諾，反而擁抱阿爾克莫轟，導致赫柏與赫克力士的誕生。」

飛行島的概念似乎取自於一篇傳奇故事，而該故事是對博學多聞的藍達夫主教致敬，法蘭西斯・歌德溫博士將之命名為《月球上的人》(*The Man in the Moon*)。而多明哥・岡薩雷則於一五九九到一六〇三年間寫成《某地遊記談》(*A Discourse of a Voyage Thither*)，一六三八年他死於珀斯後，再次出版發行。對於此文，哈蘭在《歐洲文學史》(*Literary Hystory of Europe*) 提到，「作者以自然又真誠的語調撒謊」，並作為他哲學上的合理推斷。我們從中發現身形高大的人們、長命百歲之人，也有用鳥拉動的飛行機器或雙輪車輛。斯威夫特似乎也得力於拉比萊斯幾幅偽哲學家追求知識的插畫。

第一章
部下變節

〔格列佛展開第三次航行；船隻遭遇海盜攻擊；遇上一名心狠手辣的荷蘭人；抵達一座孤島；被迎接進入拉普達 。〕

我回到家不到十天的時間，來自康沃爾郡的威廉·魯賓遜船長便乘著三百噸的商船好望號前來拜訪。我曾於一艘航向黎凡特的船上擔任船醫，當時魯賓遜是船長，並握有四分之一的股份。他對待我如同兄弟一般，而不只是普

通的下屬。他聽說我歸國返鄉，便登門造訪。起初我只當成是朋友間的關心，談話內容多為許久未見的朋友之間的寒暄。但他頻頻造訪，表示樂見我身體健康，並詢問我是否想就這麼安頓下來。船長很刻意地談到將於兩個月內啟程前往東印度群島。臨走前，他雖語帶歉意，仍直截了當邀我上船擔任船醫。船長開出誘人的條件：除了讓我擁有兩位助手，手下還有一位船醫，薪資也比一般船醫優渥一倍。他知曉我所具備的豐富航海知識比他有過之而無不及，因此向我保證會將我的一切建言納入考量，就像是與他共享指揮權一樣。

他說了不少貼心的話語，而我也知道他為人老實，因此無法婉拒他的邀約。儘管我經歷過各種災難，心裡仍渴望能再見見世面。現在，唯一的難題是該如何說服我妻子。最終，為了給孩子們更良好的將來，她同意了。

我們於一七〇六年八月五日出航，於一七〇七年的四月十一日抵達聖喬治堡。當時有不少水手染病，因此

船被迫停留在該地三週的時間，讓船員們休養生息。接著我們從該處航向北越東京。由於許多船長想買的貨物還有許多沒有備齊，接下來幾個月也無法準備完成，於是船長決定再多待在東京一段時間。為了支付部分開銷，船長買了一艘單桅帆船，東京人平時即是藉由這種船的助力，與鄰近諸島進行各種貨物的貿易往來。船長指派十四名水手上船，其中有三名當地人，並任命我為船長，授權讓我駕此船進行貿易。這段期間，船長則待在東京處理事務。

航行不到三天，我們就遇到狂風暴雨，被吹往東北方長達五天，又被吹往東邊。在這之後晴空萬里，但西風仍是囂狂。到了第十天，我們遭到兩艘海盜船的追擊，由於我的單桅帆船負重量太大，導致航行速度慢，很快便被海盜趕上，甚至連自我防衛都做不到。

兩艘船上的海盜幾近同時強行登上我們的船隻，海盜的領導者怒氣沖沖地侵門踏戶，看見我們已經匍匐在

地（這是我所下的命令），於是用結實的繩索將我們牢牢綁住，派人留下來看守我們，其餘人員便開始搜刮我們的船。

我發現這群人中有名荷蘭人，他並非任何一艘船的船長，卻似乎大權在握。這名荷蘭人根據我們的容貌推斷我們是英國人，就用我們的語言對著我們胡言亂語講個不停，咒罵著要將我們背對背綁起來，扔到海裡餵魚。我的荷蘭語還算可以，便告訴他們我們是些什麼人，並求他看在彼此都是新教徒，且兩國相鄰、關係緊密的份上，替我們向海盜船長求情，能對我們手下留情。不過我這番話卻將他惹火，他語帶威嚇，並轉向同伴義憤填膺地說了幾句話。我猜他應該在講日語，而且也聽到他們時不時就提到「基督徒」一詞。

較大的那艘海盜船由日本船長指揮，他會講些許的荷蘭語，但不是很流利。他走到我面前，問了我一些問題，我恭敬地逐一答覆。他聽完我們的回應後告訴我，

我們還不會死。我朝船長深深一鞠躬，接著轉過身對那荷蘭人說：「還真是遺憾，一名異教徒比基督徒同胞更加慈與悲寬容。」但此話一出，我立刻感到後悔，因為這位手段殘忍的惡徒不時地遊說船長把我丟進海裡餵魚。不過，船長已經答應不會殺我，因此沒理會這名惡徒的讒言。荷蘭人還是不斷地想盡辦法欺負我，而我即將面對世人認為比死亡更加殘忍的酷刑。海盜們將我的部屬分送到兩艘船上，在原來那艘單桅帆船上則派遣了新的船員。至於我自己，則是隻身一人被丟到獨木舟上，在海上漫無目的地漂流，只有帆、槳以及四天份的口糧。不過日本船長還算仁慈，將自己儲存的食物分給我，剛好與我原先得到的四天份相等，並禁止任何人搜我的身。我乘上了獨木舟，那名荷蘭人站在甲板上，用他所知的所有荷蘭語中的詛咒和粗話毫無保留地對我叫罵。

在遇上海盜船約一小時以前，我曾進行觀測，發覺我們當時正位於北緯四十六度，經度一百八十三度處。

我乘上了獨木舟，那名荷蘭人站在甲板上，用他所知的所有
荷蘭語中的詛咒和粗話毫無保留地對我叫罵

遠離兩艘海盜船後，我掏出望遠鏡，看見東南方有數座島嶼。我揚起船帆，乘著順風，計畫前往離我最近的島嶼，不到三小時就抵達了。島上礁石遍布，我仍採集到不少的鳥蛋，點燃灌木與乾海草，將剛剛採集到的鳥蛋烤來吃。我的晚餐就只吃這些鳥蛋，沒吃別的食物，因為我想要盡可能不浪費任何糧食。我找到一塊岩石來遮風避雨，在岩石下方鋪了一些灌木，之後便是一夜好眠。

第二天，我航向另一座島，接著再航向第三、第四座島，時而揚帆，時而划槳。我就不贅述自己的苦難來煩擾讀者了。總之，到了第五天時，我抵達視野之內最後一座島嶼，它位於前面那幾座島的南南東方。

這座島嶼比預期的還要遙遠不少，花了我超過五個小時才抵達。我繞了小島快一圈，才終於找到可以登陸的地點。那地方是條小溪，河寬約比獨木舟的寬度大三倍。放眼望去，島上全是岩石，只有幾處夾雜著一簇簇的雜草與芳草。我拿出稀少的糧食，吃了一點來補充體

力，把剩下的藏至一座洞穴。那兒有很多這種拿來藏匿食物的洞穴。我在岩石上採集到不少鳥蛋，我隨身攜帶打火石、火鐮、引火繩和取火鏡，因此也蒐集了一些乾海藻與乾草，打算隔天用來生火，並好好地烤鳥蛋來吃。我在儲存食物的洞穴躺了整夜，床鋪也是我用那些預備作為燃料使用的乾草和乾海藻所鋪成。我整晚輾轉反側，心中的憂慮勝過疲勞，想著自己根本不可能在這荒郊野外保住小命，下場一定非常悽慘。我無精打采，灰心喪志，無力起身。等我終於打起精神離開洞穴時，外面已經日上三竿。我在岩石間散步一陣子，當時天氣晴朗，萬里無雲，陽光耀眼得令人難以直視。

就在這時，天色忽然暗了下來，不過感覺與一般擋住日光的雲朵大不相同。於是我轉過身來，只見有個龐然大物擋在我與太陽之間，正朝著這座島飄來。該物體看上去高約兩英里，遮住太陽約六、七分鐘，不過與我站在山蔭下相比，那物體並未讓氣溫低多少，或是讓天

只見有個龐然大物擋在我與太陽之間

空更加黯淡。隨著那物體步步進逼，我能看清那物體是個實體，底部十分平滑，與海面上的粼粼波光相互輝映。我站在高處，距離海岸邊約兩百碼，並看著那巨大的物體下降至約與我等高之處，與我相距不到半英里。我取出小望遠鏡，清楚看到有不少人在該物體的側邊上下移動。這個物體的邊緣看起來是傾斜的。我看不出來那些人到底在做些什麼。

出於求生本能，我心生喜悅，燃起一絲希望，認為這次機緣可以將我帶離這座荒島，成功脫困。但是於此同時，我看見一座飄浮在空中的島嶼上面住滿了人，而且這些居民可以隨心所欲地讓島飛升與降落，或者繼續前進，讀者恐怕難以想像我當時內心的驚訝。不過，我當時沒有心思去研究這些現象，當下只想觀察這奇形怪狀的物體會向哪裡飛行，因為它已經靜止不動一段時間了。不久後，它更靠近我，我可以看到它的側邊環繞幾層階梯與走廊。最下面一層的走廊上有群人手持長釣竿

釣魚，其他人則在一旁圍觀。我朝那座島揮舞我的便帽（因為我的大帽子早已破損不堪）和手帕，當它更靠近我時，我聲嘶力竭地喊著。之後我仔細一看，發現一群人聚集在最靠近我的那一面。儘管他們沒有直接回應我的呼喚，從他們面面相覷，對著我指指點點的模樣來看，可以知道他們已經發現我了。我看見有四、五個人匆匆忙忙地爬上樓梯，朝島的頂部前進，一下子就不見蹤跡。我的猜測無誤，這些人在這節骨眼上是被派去向某個掌權者請示。

聚集而來的人群愈來愈多，不到半小時，那座島平移、上升，直到最底層的長廊與我所在的高地平行，兩者相距不到百碼之遙。此時我裝作苦苦哀求的樣子，將姿態壓到最低，低聲下氣地與他們對話，但卻沒有收到任何答覆。在我上方離我最近的人，從他們的衣著與舉止觀來，應該是地位顯赫之人。他們彼此認真對談，不時地望向我。最後，其中一位對我呼喊，話語聽上去清

楚、有禮，十分平順，感覺類似義大利語。於是我用義大利語回應，希望至少義大利語的抑揚頓挫能讓他們聽起來更舒服。雖然我們是在雞同鴨講，不過對方看見我現今的窘境，很輕易就能猜到我的想法。

他們用手勢示意我走下岩石，向海邊前進，而我也照做。飛行島嶼上升到適當的的高度後，底緣正好位於我頭頂處。他們從最底層的長廊丟下一條鐵鏈，並在鐵鍊末端安裝一個座位，等我就定位後，再由滑輪將我拉上去[1]。

註解

1 這幅場景並非全然憑空虛構，就像飛行島是斯威夫特從《多明哥・岡薩雷斯遊記》中獲得的靈感。故事中的小西班牙人靠著幾隻鵝的協助，前往月球的世界。早已有人提出這樣的橋段，見《哈利安雜記》(*Harleian Miscellany*) 第八冊第三百七十四頁。熟讀這段誇張的情景之後將對好奇的讀者大有幫助。

第二章
高空上的國度

〔本章描述拉普達人的怪癖與習性，並記錄他們的
學術思想、國王以及朝廷、格列佛在當地所受到的
招待、居民的恐慌與不安、以及當地的女性居民。〕

我登島後，就有一群人將
我團團圍住，離我最近的人社
會地位似乎比較高貴。他們以
訝異的神情盯著我，不過我的
訝異不亞於他們，因為我從沒
見過任何外型、服飾與樣貌都
如此奇特的種族。他們的頭都歪向其中一邊，兩眼朝著
不同方向看，一顆眼睛翻向內部，另一顆則直直朝著天

空 [1]。他們的外衣上點綴著滿滿的日月星辰作為裝飾，交織著提琴、長笛、豎琴、軍號、六絃琴、羽管鍵琴，以及數不盡的其他歐洲人從未見過的樂器。我看見到處都有不少穿著僕人衣著的人，他們手持短棍，在短杖上繫著吹得鼓鼓的氣囊。之後有人告訴我，裡面都裝有少量的乾燥豌豆或礫石。他們不時用這些氣囊拍打身邊人的嘴巴與耳朵。起初，我不了解這麼做有何用意。後來才知道，這些人都沉浸在自己的思緒之中，若沒有外在的刺激來喚醒他們言語與聽力的器官，就無法開口說話，也無法注意到他人的言語。因此，有錢人就會在家裡雇用拍打員(原文為「克理門諾」)作為家僕，讓他們在自己外出或拜訪朋友時在一旁伺候。這名侍從的職責是：當兩、三位以上的人聚在一起時，用氣囊在發言者的嘴以及傾聽者的右耳上輕拍一下。主人走路時，拍打員也得殷切照顧。有時要拍打主人雙眼，因為主人總是沉浸在思想中，常常有墜落或撞上柱子的危險；主人走在大

街上，也會撞到人或者被人撞下水溝 [2]。

在此必須特別向各位讀者說明，否則讀者會對這些人在我沿著樓梯向上攀登，前往位於島頂端的皇宮時的行為感到十分困惑。一路上，這些人有好幾次曾忘記自己在做什麼，把我一人晾在一旁，直到後來拍打員幫他們恢復記憶，才想起要做什麼。而無論是對我這外來者的服飾與容貌，或是老百姓的喊叫聲，他們皆無動於衷。

我們終於進入皇宮，來到了謁見廳。我見到國王正坐在王座上，而在兩旁隨侍的，無非都是達官顯要。王座前有一張大桌子，上面擺滿各式各樣的天球儀、地球儀以及數學儀器。我們的出現使朝中的文武百官發出不算小的聲響，國王卻完全沒有注意到我們，因為他正在思考一項問題。我們等了整整一小時，國王才想出解答。兩名年輕侍從，手持拍打器，站在國王兩側，只要國王又開始神遊太虛，其中的一位就輕拍他的嘴，另一位則是輕拍他的右耳，之後國王便像是突然驚醒一

國王正在思考一項問題

樣，看向我與周圍之人，並想起已經有人通報過我們要來訪。他講了幾個字，接著一名手持拍打器的青年來到我身旁，輕拍我的右耳。不過我盡可能地向他們打手勢，表示不需要這種工具。之後我發現，國王與朝中官員全都因此貶低我的理解能力 [3]。我推測國王問了我幾個問題，而我以自己所知的所有語言來回答。後來國王發現彼此無法溝通，於是下令將我帶入宮內的一間房裡（比起之前遇上的君王，這位更加善待外地訪客），並讓兩名僕人服侍我。餐點送菜後，有四位達官貴人與我一同用餐，我記得他們是國王的近臣。我們一共有兩道菜餚，每道都上了三盤。第一道菜是一塊切成等腰三角形的羊肩肉、一塊切成長菱形的牛肉、以及一塊弧形的肉餅。第二道菜是兩隻綁成提琴狀的鴨子、呈現長笛與雙簧管狀的香腸和肉餅、以及一塊形似豎琴的小牛胸。僕人們將我們的麵包切成圓錐體、圓柱體、平行四邊形和以及幾種其他的數學圖形 [4]。

在用餐時，我鼓起勇氣詢問他們該如何用他們的語言來稱呼幾樣東西。在拍打員的幫忙下，這幾位達官貴人很樂意地回答我的問題，他們也期望若我透過對話，能更加欽佩他們的偉大才能。很快地，我已經能叫他們上麵包、飲料或者其他我想要的東西。

用餐完畢後，賓客離去，國王又派一人來找我，並帶來筆、墨、紙與三、四本書。他比手勢讓我知道，他是奉命來教我學習他們的語言。我們一起坐了四小時，我一欄一欄地寫下大量的單字，又在旁邊寫上它們的翻譯。我想辦法學了一些簡短的句子，老師會命令我的一名僕人取物、轉身、鞠躬、坐下、起立與走路等，而我再把這些句子抄錄了下來。他給我看了一本書，指出裡面有太陽。月亮、星星、黃道、熱帶和南北極圈的圖案，以及許多平面和立體圖形的名稱，並告訴我各種樂器的名稱與功能，和演奏它們時所使用的一般用語。他離開後，我將單字連同解釋，依照字母順序排列。就這樣，

幾天之內，我憑著自己過目不忘的記憶力，已經能稍稍了解他們的語言。

我將原文為「Laputa」（拉普達）的這個詞彙解釋成「飛行島」或「浮空島」，至於確切的字源我則無法查明。「Lap」在已經過時不再使用的古文中的意思為「高」，而「Untuh」是「管理者」的意思。「Laputa」這個詞彙，在他們以訛傳訛下，說成是由「Lapuntuh」衍生而來。不過我並不贊同這種說法，因為這說法是顯得有點牽強。我冒昧地向他們的博學智士提出我的見解，說拉普達其實是「quasi lap outed」，「Lap」的意思應該是「日光舞躍於海上」，「outed」意為「翅膀」。不過我並不會強加我的想法於他人，就交由公正的讀者自行定奪[5]。

受國王命令照顧我的人，看到我衣衫襤褸，就下令一名裁縫師在隔天過來為我量身打造一套衣服。這位裁縫師的工法和歐洲裁縫師的製衣方式截然不同。他先用四分儀測量我的身高，再用尺和圓規測量我全身上下的

尺寸與輪廓，並將細節記錄在紙上。不到六天時間，衣服已經送來，然而計算時不小心弄錯一個數字 **6**，造成衣服製作得奇差無比，也很不合身。幸好對於這種意外，我已經見怪不怪了，因此不是很在意。

　　缺乏衣服且身體不適，無法外出的那段日子，使我的詞彙量增加不少。再次進宮時，我已能聽懂不少國王所說的事情，也能回答幾句。國王下達命令，要這座島朝向東北東方移動，前往拉加多的正上方，其為拉普達島下方大陸的首都。這趟路程大約為九十里格，飛行時間共四天半，但我完全沒感受到這座島嶼在蒼穹中移動。隔天上午大約十一點，在備妥樂器的貴族、朝臣與官員的陪同下，國王親自演奏三小時，中間沒有休息。這陣噪音吵得我頭暈目眩，若非老師的講解，我根本無法猜到這音樂的意義。他說：「島上之人的耳朵早已對這不時響起的『天空音樂』見怪不怪了，而朝廷中的所有成員都拿出自己最擅長的樂器，參與這場音樂演奏會。」

前往首都拉加多的路上，國王曾下令讓這座島在幾座城鎮和鄉村的上空駐留，以收取人民的請願書。為此，他們在幾綑繩子末端綁上小型重物，再將繩子從高空中垂下。老百姓們將請願書綁在繩子上，接著，這些請願書便會扶搖直上，看上去就像學童在風箏末端綁上的紙片一樣。有時候，我們也會接收到從底下由滑輪送上來的酒與食物。

　　我的數學知識在我學習他們的用字遣詞時幫上大忙。他們的用語大部分都與數學及音樂有關，而我對音樂也不算外行。他們的思考方式都離不開線條與圖形。比方說，他們要讚賞女人或者其他動物的美，就會用菱形、圓形、平行四邊形、橢圓形以及其他幾何術語或音樂用語來描述，這裡就不再贅述。我曾在皇室廚房裡看到廚師們將肉切成各式各樣的數學儀器和樂器的形狀，再送到國王的餐桌上。

　　這些人房子蓋得奇差無比，牆垣頹斜，屋內找不到

衣服製作得奇差無比，也很不合身

任何直角。這種瑕疵源自於他們對實用幾何學的輕視。他們瞧不起實用幾何，認為其粗俗不堪、如機械般。但是他們的指令過於精細，工匠無法理解，導致時常錯誤百出。儘管他們在紙上將尺、鉛筆與圓規揮灑得淋漓盡致，日常生活中的普通動作與生活習慣，卻是前所未有地笨手笨腳。對數學與音樂以外的事務，他們也是出奇地愚鈍與糊塗。他們的推理能力很差，愛好爭辯，唯有意見一致時才會停下，不過很少出現如此情形。他們對想像、幻想或者創造這些概念一竅不通。這些觀念無法以他們語言中的任何詞彙來表達，因為他們完全醉心於前述兩門學問之中。

他們多數人，特別是那些負責研究天文學的人，無不深信占星術，卻恥於公開承認。最令我欽佩但難以理解的，是從他們身上見到的那種對新聞與政治的狂熱。他們總是在詢問公眾事務，對國家大事高談闊論，熱烈地將某個政黨批評得體無完膚。我確實也在多數歐洲數

學家身上觀察到這樣的現象。儘管我無法找出數學與政治這兩門學問的相同之處，不過這些人是如此認為的：不論大小，圓形都是三百六十度，因此控制與管理這個世界時，並不需要用到轉動地球儀以外的能力。不過我個人認為，這種性格來源於人性共通的缺陷，讓我們對與自身最無關、先天或後天最無法適應的事物，表現得更加好奇與固執[7]。

這些人一直都惶惶不安，內心未能享受片刻的安寧。但使他們這樣杞人憂天的原因，對一般人而言卻無關痛癢。他們的擔憂源自於害怕天體發生各種變化。舉例來說，他們害怕地球不斷接近太陽，最終為太陽吸收或吞噬殆盡；或是太陽表層漸漸被自身的廢氣所籠罩，形成一層外殼，最終無法為世界帶來光明；或是地球被彗星撞擊，將整個世界化為灰燼。他們認為上次地球勉強躲過彗星的尾巴，而依據他們估計，三十一年後，彗星就會再次來襲。當彗星抵達近日點時，接近太陽達到一定

程度(依據他們的估算，確實有理由擔憂)，吸收熱量後，溫度會高過燒紅的鐵一萬倍。而彗星離開太陽後，會拖著長達一百萬又十四英里長的尾巴，一路熾熱地燃燒著。若是地球經過彗星核或者彗星主體十萬英里處，一定會燃燒起來，化為灰燼。太陽光每天都在消耗能量，卻無任何補充的燃料，因此當能量耗盡時，太陽也隨之消耗殆盡，而地球與其他受太陽照射的行星也將隨之毀滅。

他們心中一直抱著這種憂慮，使得他們在床上不得安眠，日常的樂趣也顯得索然無味。早上遇到熟識之人時，第一個問題便是問起太陽的狀況，例如日出與日落是否有異，以及他們是否有望能夠迴避進逼中的彗星。他們時常進行這種對話，如同喜歡聽那些幽靈、鬼怪故事的男孩，聽得時候都十分陶醉入神，聽完後卻怕得不敢上床睡覺。

島上的婦女非常活潑，瞧不起自己的丈夫，而且特別喜歡陌生人。總是有不少陌生訪客從下方的大陸前來

朝廷會面，他們要不是為了處理各城鎮或者公司行號的公共事務，就是處理私人事務。不過他們不具備與這座島居民相同的才華，因此受人輕視。女人從這些訪客中挑選自己的情人。但令人憤恨不平的是，這些女人們肆無忌憚、為所欲為。她們的丈夫總是沉溺於思索，因此一個女人只要提供丈夫紙和工具，而拍打員又不在他身邊的話，妻子就能和情夫當著丈夫的面偷情。

儘管這島是我認為全世界最美妙的地方，且這些女人們在這裡隨心所欲，過著最富裕豪華的生活，她們卻抱怨自己受困於這座島上。她們渴望見到外面的世界，下去首都享受各種娛樂。不過沒有國王的許可，就無法前往。要獲得國王的許可難如登天，達官貴人們已有不少經驗，想勸服自己的妻子從底下的大陸返回拉普達島真是困難重重。我曾聽說，有位朝廷重臣的妻子，已育有幾個孩子，丈夫貴為首相，是國內最為有錢的大臣，個性優雅體面，相當寵愛她，讓她住在島上最漂亮的宅

邸，她卻假藉調養身體之名到拉加多，並且在那裡藏身數個月，直到國王頒布了搜查令，才在一家偏僻的餐廳中找到鶉衣百結的她。她為了包養一位年老而又醜陋的下人，將自己身上的衣裳都當了，對方卻是每天毆打她，即使這樣，她被人帶回時，卻還是百般不情願。儘管她丈夫百般和善地接她回家，絲毫不加以責備，不久後，她仍是設法帶上所有的珠寶，偷偷溜下去，回到情夫身邊，從此下落不明。

讀者們也許會覺得這故事就發生在歐洲或者英國，而非那麼遙遠的一個國度。但請讀者們思考一下，女人心海底針，舉世皆然，這種事情其實比大家所想的還要普遍 [8]。

過了一個月左右的時間，我對他們的語言已經掌握得爐火純青；有榮幸謁見國王時，也已經能回答國王大部分的問題。國王對我曾去過的國家之法律、政府、歷史、宗教或者風俗絲毫不感興趣，只問與數學有關的事

情，對我所言之事物表現出藐視與毫不在乎的樣子。雖然他的兩旁都有拍打員不時地提醒他，仍是本性難移。

註解

1 此處對拉普達人的敘述中，嘲諷的對象不是一般的科學家，而是偽科學家。在斯威夫特的年代（其實是任何時代），這些人總在進行這種勞多功少的科學推論。描述這些人的文字十分巧妙，藉由朝著左右兩邊歪頭的設定，明顯暗示這些人從來不能望向正確方向，或是腳踏實地。眼睛翻到內部似乎直指他們常常天馬行空、心不在焉，影射那些總是沉浸在自己思緒中的人。眼睛向上轉代表這個人正在沉思超乎常人範疇外、遙不可及與玄談之事。而這些願景或空泛的知識都使人無法正視眼前或周遭的事務，即使這些事務就在他腳旁，且常見於必要的日常生活中。

2 拍打員的構思別出心裁，也非常幽默。他的職責為喚回神遊太虛的主人，回歸日常生活，免得他的頭撞上所有人、事、物。這是用來諷刺哲學家們心不在焉，也因此時常遭人詬病，特別是偉大的艾薩克・牛頓。斯威夫特出於私心，喜

愛嘲笑牛頓。曾有一次，斯威夫特信誓旦旦地向一名親戚表示，艾薩克閣下是世上最糟糕的同伴，如果你問他一個問題，他會在腦海中先轉一圈，之後再轉好幾圈（而斯威夫特一邊在自己額頭比畫圓圈），之後才能回覆你。

　　史考特說斯威夫特曾講過一則與艾薩克閣下有關的故事。有天牛頓的僕人請他用餐，之後返回崗位，等了一陣子後，又請了第二次。這時僕人發現，牛頓爬上書房書櫃旁的梯子，左手拿著一本書，頭歪向右邊，沉浸於思緒中，因此僕人得喚他兩、三次，甚至還要輕輕觸碰，他才會回過神來。諸如此類的事情能讓斯威夫特在腦中得以輕易構想出拍打員的形象。

　　迪·摩根教授對此興致盎然，想要追根究底，於是研究牛頓這種行為的成因，並且替牛頓和其他數學家辯解，駁斥普遍對他們心不在焉的批評。「斯威夫特的時代，或是任何時代，都沒有證據指出數學家埋首研究時，無論多麼專心致志，在處理其他事務時，也會動不動就神遊於數學世界中。像牛頓這麼一位專注力異於常人之人，卻從未有過相關記載。我認為，事實是基於數學研究培養出的專注力，也同樣可以讓人全神貫注地付諸實行於其他事務。因此，習於數學思考

方式者比一般人更能投入在當下的活動中，也就不太可能在
處理手邊事務時分神。」

3 科學國度領導者的拉普達國王涉獵科學研究，並在開
會中途解決學術問題，身旁圍繞著各式各樣的數學器材，斯
威夫特作出這種安排十分巧妙；典型的君王則是忙著討論政
治議題、行政以及帝國事務。格列佛等到國王想出解答後，
拍打員才將國王拉回現實。

斯威夫特安排國王鄙視格列佛的理解能力，因為格列佛
的神智仍十分清醒，得以自身意志回絕拍打員的協助，可說
是神來一筆的反諷。在現實世界中，確實有類似的事情。我
們看到人類同情心時常伴隨著軟弱，但若兩者皆無，則使人
更為可憎。「世界不存在徹底除去七情六慾而完美無瑕之人，
如果真存在，恐怕世人也皆敬而遠之。」

4 拉普達提供的餐點都被切成數學圖形，這主意還真是
荒唐。這當然是在嘲諷科學家，特別是數學家。斯威夫特可
能也想表達，這些人太過專注於他們的學術造詣，連食物都
與之有關，彷彿真的靠這些學術吃飯。迪·摩根博士評論此
段說道：「斯威夫特的技術知識非常糟糕。根據他所寫，牛
肉與羊肉是切成等腰三角形、菱形與弧形。這些平面圖形沒

有厚度，我不認為讀者能接受數學家接受平面的羊肉。至於呈現圓錐體、圓柱體與平行四邊形的麵包，數學家會拿走圓錐與圓柱，把平行四邊形留給斯威夫特。」

這段批評似乎有些過於嚴厲。我們不能推測斯威夫特只知道構成物體必須有長度與寬度，卻不知道高度。如果史考特所說的故事為真，又有謝里丹為他作證，那就不能一口咬定斯威夫特沒注意到三角形與平行四邊形為平面圖形，不過他確實將這些平面圖形與立體混為一談。我們應以通俗的用法來理解斯威夫特所使用的這些詞語（雖然不精確）。他以這些平面圖形指稱物體形狀（就像人們日常對話中會說「方」盒跟「圓」桌），會比明確講出來更清楚易懂。不過諸如「諷刺數學家時，斯威夫特應該採用艱深的詞彙，免得自曝其短」的批評仍是中肯的。

描寫第二道菜時，斯威夫特說明這幾道菜被切成音樂器材的形狀，是想以此大肆諷刺音樂家。他本人對音樂家的評價也不是很高。那個時代有兩名音樂大師，韓德爾與柏農齊尼，兩人各自的主張能將整個音樂界分成兩派。所有人都記得斯威夫特曾寫作過警言，諷刺兩人間的競爭關係。斯威夫特輕蔑地以兩句詩嘲諷兩人間的對決：

奇哉！差別應只有，

叮噹咚噹哆！

5 格列佛針對拉普達詞源的語言學論述，包含島上學者告知的詞語來源，以及他自己向島上之人提出的見解。這段文字嚴厲地嘲弄語言學家經常努力思考詞語的來源，因此做出許多荒唐的推論。斯威夫特非常有可能是針對大名鼎鼎的班特利博士。班特利抨擊某段時間之前由查理·波爾，和歐瑞里領主先後編輯的《法拉里斯之信》(*Epistle of Phalaris*)，因而冒犯到斯威夫特的贊助者威廉·坦普爾閣下。這讓班特利與斯威夫特關係緊張，之後斯威夫特在《書籍之戰》中，運用尖酸刻薄的文筆大力批判對方。

誠然，班特利博士所提出的某些詞源的派生，使他淪為斯威夫特嘲諷的對象。然而較近期的作家對詞源派生的解釋更為離譜。我們能從霍納·圖克的作品《普雷的消遣》(*Diversion of Purley*) 找到大量憑空捏造出的字根。

6 根據華特·史考特的觀點，斯威夫特打算藉由拉普達裁縫師計算錯誤的橋段，抨擊艾薩克·牛頓。斯威夫特無法原諒牛頓替伍德引發的半便士事件辯護，因此抨擊牛頓這位天文學家出版的作品算錯太陽與地球間的距離。然而這不是

牛頓的失誤，而是印刷老闆的疏失。當時印刷老闆不小心在牛頓的計算中加了一個零，因此算出來的距離天差地遠，比原先數字多上許多。牛頓在《阿姆斯特丹報》刊登修正後的版本，修改文字錯誤，藉此搶在歐洲學者之前先自行解決問題。然而斯威夫特並不知道已經進行修正，或者該說是根本不在乎，以圖自身的私心。

[7]迪・摩根說：「此處提到天文學上的認知，當時在天文學家之間不算少見，此處的諷刺還算公正。然而斯威夫特將數學家描述成熱衷於公眾事務時，就違背自己的論點。他語帶鄙視地談論他們的政治理念，如果我們還記得他是托利黨員，那就能解釋。至於佔有政治優勢的數學家們，就是惠格黨員。」

[8]此處關於拉普達女人的論點，以及尖酸地將她們的錯誤與愚蠢套用到歐洲女性身上，就是另一項斯威夫特心有不滿的證據。他對家庭婚姻幾乎沒有任何同情心，內心深處總是伴隨著可怕的謎團，從未向人透漏，或者被人發現。這種心態讓他無法獲得幸福，因此到了最後，他成了最可悲的人。

第三章
拉普達學術與政治 [1]

〔以現代科學與天文學解釋的某個現象；拉普達人在天文學上的進展；國王壓制叛亂的方式。〕

我請求這位君王允許我參觀島上各種的奇珍異寶，他欣然恩准，並且命令我的老師隨行。我主要是想了解這座島如何運作。究竟是基於人工設計呢？或是憑藉自然的原理呢？現在我就以科學方式為讀者講解。

飛行島，或者稱為浮空島，呈正圓形，直徑為七千八百三十七碼，換算下來有四英里半，所以面積為

十萬英畝²。島的厚度是三百碼。島下之人朝上面看時，島的底部，或者稱為下表面，是一塊平整、勻稱的堅石，厚度約為兩百碼。各種礦石依照順序排列。最上層是十到十二英尺深，疏鬆肥沃的土壤。島的上層表面是由四周向中心凹陷，因此島上的降水自然而然地由小河流向中間的四個大窪地；每個窪地周長約半英里，與島的中心大約相距兩百碼。白天時，因為太陽的照射，使得窪地裡水不斷蒸發，因此得以有效遏止窪地氾濫。除此之外，君王有權力將島升到雲霧之上，因此只要他高興，就可以隨意阻止雨露降於島上。博物學家們一致認定，雲層最高不高過兩英里，至少在這個國家，雲層從未超過這高度。

這座島的中心有個裂隙，直徑大概五十碼。天文學家由此裂縫進入一個位於堅石地表下一百碼深處的大穹頂，因此這裡被稱為「佛蘭多納・珈諾爾」，意即「天文學家之洞穴」。洞內有二十盞燈不分晝夜地燃燒著，

燈光照射在四周的岩石上，產生強烈的反光，照耀著整座洞穴。這地方存放著五花八門的六分儀、四分儀、望遠鏡、星盤，以及其他天文儀器。最神奇的，莫過於有一塊巨大的天然磁石，而這座島的命運全都取決於這塊磁石。磁石形似織布用的梭，長六碼，最厚的部分至少三碼，並由一根非常堅韌的堅石軸穿過中間支撐著。磁石以此為中心旋轉，因為懸掛得非常精確，連弱不禁風的人也能轉動。磁石周圍由中空的堅石圓筒包住。圓筒深四英尺，厚四英尺，直徑十二碼，呈水平狀擺放，由八根長達六碼的堅石柱腳支撐著。在兩側凹陷處的中心各有一條十二英寸深的凹槽，軸心的兩端就鑲嵌在此，並視情況旋轉。

任何力量都沒有辦法挪動這塊磁石，因為周圍的圓筒、支柱，以及構成島底面的堅石，三者一體成形。

借助這塊磁石，就能讓島上升或下降，甚至是從一處移動到另一處。相對於這位君王所統治的下方世界，

借助這塊磁石，就能讓島上升或下降

磁石的一端具有吸力，另一端具有斥力。若直立磁石，讓具吸力的那端指向地表，島就會下降；相對的，若是讓具斥力的那端指向地表，島就會直接往上升。若磁石的擺放是傾斜的，島的移動也會跟著傾斜，因為這塊磁石的磁力方向永遠平行於自身行進的方向。

藉由這種傾斜的運作方式，就能將飛行島帶往君王的領土各處。為了解釋這座島移動的進行方式，我們就假設 AB 為橫貫巴尼巴比領土的一條線，設 cd 線為磁石，d 是有排斥力的一端，c 是有吸引力的一端。島正位於 C 地上空。假如將磁石置擺在 cd 的位置，讓具有排斥力的一端朝下，那麼這座島就會被斜推上升到 D 處。抵達 D 後，旋轉軸心的磁石，直到有吸引力的一端指向 E，這座島就會斜著朝向 E 前進。這時候

F   H

D

E

c

d

C

A ———————— C ———————— B

如果再次轉動磁石，將它轉動到 EF 的位置，讓有排斥力的一端朝下，島就會斜著上升到 F 位置。到達 F 位置後，只要再將有吸引力的一端指向 G，島就朝 G 處移動。再次轉動磁石，讓有排斥力的一端指向正下方，便可以把島從 G 推到 H。因此只要根據需求改變磁石的方向，就可以讓島斜著上升與下降。透過這種傾斜幅度上升與下降的交替，就可以讓島在領地之間移動 ³。

　　但是必須注意，飛行島的移動範圍不能超出下方的領土範圍，高度也不能超出四英里。天文學家曾寫作過龐大系統的著作，研究那塊磁石，並指出以下原因：磁石的磁力運作範圍不高於四英里，而地底與距海岸邊六里格的海洋中，蘊藏能與磁石產生作用的礦石，但是這礦物並未遍布全球各地，只侷限在這位國王的領土上。這位君王處在高空之上，具有強大的優勢，能輕易地讓磁力範圍內的所有居民向君王臣服。

　　若是將磁石與水平線平行，飛行島就會靜止，因為

這種情況下，磁石的兩端離地面的距離相同，一端往下，一端往上，作用力相等，因此絲毫不動。

這塊磁石由特定的天文學家掌管，無時無刻都依照國王的指令移動方位。他們終其一生將大部分的時間都用於觀察天體，所使用的望遠鏡品質比我們的好上許多。儘管他們最大的望遠鏡長度不超過三英尺，放大效果卻遠勝過我們一百英尺大的，能夠更加清晰地呈現出天上的星宿。這項優勢使他們的發現遠遠超過我們歐洲的天文學家。他們表列出一萬顆恆星，而我們所能列出的最多也不到其三分之一。他們還發現了兩顆圍繞火星轉動的小型天體，或者稱作衛星，較接近主星的那顆和主星中心之間的距離，恰好是主星直徑的三倍，較遠的那顆與主星中心的距離為主星直徑的五倍，前者公轉一圈的週期為十小時，後者則是二十一小時半。因此這些衛星的公轉週期平方與它們和火星中心的距離之立方相去不遠，由此

他們終其一生將大部分的時間都用於觀察天體

可見，它們和其他天體同樣受到萬有引力的支配[4]。

他們已經觀察到了九十三顆不同的彗星，並非常精確地確立它們的週期。如果他們的研究屬實（他們是如此確信），我非常希望能將他們的觀察公諸於世，如此一來，便能改進目前仍殘破不堪的彗星理論，以期待能與其他天文學術同樣臻至完美[5]。

若國王能勸服臣子接受他的做法並加入他的行列，就可以成為寰宇內具有絕對權力的最高君主。然而大臣們在下方的大陸上都有安置自己的家產，隨時都有可能失去國王的恩寵，因此不曾答應讓國王控制他們的領地。

　　若下方大陸有任何城鎮發生叛亂或叛變，陷入激烈的派系鬥爭，或者拒絕按例納貢，國王有兩種手段能使他們俯首稱臣。第一種手段比較溫和，就是讓飛行島漂浮於在這座城鎮以及周圍土地的上空，剝奪人們享受日照和雨水的權利，使他們受飢荒與疾病所苦。如果罪行深重，還能同時從空中投下巨石，大陸的人們對此毫無招架之力，只能爬入地窖或洞穴中躲藏，任由自己房屋被砸成碎片。若他們仍是頑強抵抗，或是揭竿造反，國王就會使出殺手鐧，直接將島嶼壓在他們頭上，將他們連同房屋一併摧毀殆盡。不過，國王鮮少採用這種極端手段，一來他不願意那麼做，二來大臣們也不敢向國王提議採取這種行動，因為這不僅會讓下方居民怨聲載道，

也會造成大臣們自己在下方的財產損失，畢竟飛行島是只專屬於國王的領地 [6]。

除非是萬不得已，歷任國王不會採取這種極端的行動。其中還有另外一個更重要的原因，那就是如果國王想毀滅的城鎮中，有任何高聳的岩石（大一點的城市通常都有，極可能就是為了避免遭逢如此劫難才選擇於此建立城市），或者有許多巍然的尖塔與石柱，一旦飛行島毫無預警地往下降落，就有可能就會傷及島基或者底面。儘管我在前面提過這座島的底部是由一整塊兩百碼厚的堅石構成，但若衝擊力太大，仍可能發生意外，造成斷裂；島的底部也可能因為太接近底層房舍的爐火，而引發爆炸，像我們煙囪內的鐵壁與石壁也常遇上這種情形。知道關乎自己的人身自由與財產，人民對政府的頑強抵抗自然也就有所節制。若國王忍無可忍，堅決要將一座城市壓成瓦礫，就會下令以極為緩慢的方式來降落，表面上裝作體諒人民，表示寬容，但實際是害怕傷

害到堅石底部，而所有科學家一致認為，若是島的底部損毀，磁石就再也無法支撐這座島嶼，整座島也會就此墜落。

根據這個國家的一項基本法，國王和他兩個年齡最大的王子都不允許離開飛行島，而王后也只能等到超過生育年齡才得以獲准離開[7]。

註解

1 有些版本的《格列佛遊記》以本句做為第三冊的開端：「這裡到處都有讓外地人為之稱羨的事物，不過在我深入研究前，我請求國君容我告退，讓我能觀摩……」

2 斯威夫特對浮空島的計算非常精確。島嶼的圓形表面直徑七千八百三十七碼，換算成面積為一萬英畝。

3 這整段敘述，包括島嶼中心的磁石、它的固定與運作模式，以及它是如何讓浮空島上升、下降，以及移動到不同地方等，皆十分巧妙並饒富趣味。格列佛運用圖表與字母，所解釋的移動過程，在較早期的版本發行過。該圖表完全吻合數學證明的風格，顯然作者打算藉由模仿進行嘲弄。

4 迪•摩根教授評論這些天文學敘述，認為斯威夫特對火星衛星之安排很精確，符合公轉週期的平方與對日距離的立方乘固定比例，也就是眾所皆知的克卜勒行星運動定律的其中一條。之後他補充說：「我全然相信斯威夫特於此處提供了正確的解答。即使在海上服役超過二十年，斯威夫特仍可以自己開立方根，或是運用對數來運算出正確數據，這已超出議事廳能理解的範疇。」

5 斯威夫特時代的學者喜歡研究彗星，因此本段是在影射皇家科學院進行的學術交流。皇家科學院對彗星進行不少研究，也有不少來自歐洲各地天文學家的研究細節。學識淵博的人不時提出理論，像是彗星的本質、它們在宇宙系統的運行路徑，還有它們接近太陽或地球的機率與可能產生的結果。

惠斯頓曾試圖舉出一六八〇年大彗星造訪地球時，曾造成諾亞大洪水。艾薩克・牛頓終其一生都推論彗星是太陽賴以維生的燃料，因此得到結論：這些天體每次掃過太陽時，就會漸漸衰退，漸漸地落入太陽上。牛頓八十三歲時對姪子說：「我說不出一八六〇年那顆大彗星何時會掉進太陽裡，可能要等五、六次公轉後；然而不論什麼時候發生，到時太陽的溫度就會上升到足以讓整顆地球陷入火海，到時所有的動物都會滅亡。」

這幾個觀點與推論無庸置疑都遭到斯威夫特嘲弄，我們也已經在前一章讀過。古今中外，彗星的到來都強烈引起人們的迷信，即使是現代，這個啟蒙的時代，黑暗時代已經過了許久，迷信仍沒減少太多；就算是最發達的文明，也與最野蠻的文化相去不遠。我們不能否認地球確實有可能被彗星

尾掃到，不過機率仍然非常低。到底會有何種結果終究只是推論而已。如果彗星本質是氣體，就有可能影響到地球大氣層，很可能對健康有害，或許甚至會滅絕生命。人們時常將瘟疫與彗星的出現做聯想，並且將瘟疫的起因歸咎於彗星，像是西元五九〇年發生的可怕瘟疫、薄伽丘紀錄的一三〇五年的大瘟疫、笛福紀錄的一六六五倫敦瘟疫。而目前已經確認，歷史上最接近地球的彗星是一六八四年的哈雷彗星，距離地球只有兩百一十六個半徑遠，不到地月之間距離的四倍。

6 斯威夫特寫出拉普達國王面對百姓叛變、不願上繳貢物，或是打算顛覆政府制度的行為，而施行各種不同的鎮壓方式，這不禁讓我認為此段描述就是用來暗諷。不論這些事情有任何指涉，年代久遠，這些諷刺就只是推論而已，我也無法從評論家前輩的研究中得到任何協助。這裡描述最溫和的手段，可能是用來表示皇室不再重用這些反抗者或是違背統治者意願的人；激進的手段（朝他們投擲巨石）則是暗示斯威夫特政治圈的盟友受到國家的查緝。懲治冥頑不靈者與叛亂者的最極端手段，也就是直接將島壓在他們頭頂，或許是影射正規軍的恐怖，他們透過武力脅迫人民並僭越憲政體系賦予的權力，來脅迫人民與統治者的政敵。

這些極端的手段，將危及君王與獻策失當的大臣的利益。因此斯威夫特指出，即使國王已經怒不可遏，仍是以最溫柔的手段對付人民，同時保障自己的安全。不論本段真正意圖為何，我強力認為斯威夫特寫作時，一定抱持某種政治意圖。

7 喬治一世時常離開英格蘭，回去拜訪他心愛的漢諾威王國，自然而然引起英格蘭人的嫉妒。拉普島的基本法嚴禁國王離開很可能是斯威夫特在影射喬治一世。

第四章
回歸地表

〔格列佛離開拉普達，被帶往巴尼巴比，並抵達首都。本章描繪首都與近郊鄉村，以及格列佛接受大領主款待，與大領主進行談話。〕

雖然不能說我在這座島上受到虐待，但我必須承認，我覺得備受冷落，並或多或少受到鄙視。不論是國王或是人民，都對數學與音樂以外的知識毫無興趣，然而這兩門學問對我來說卻是高不可攀，因此我不太受到他們重視。

另一方面，我已經看過這座島上所有稀奇古怪的東西，認為是時候該離開了，因為我打從心底厭倦這些人。他們在數學與音樂的造詣非凡，而我對這兩門學問也稍有涉獵，於是十分敬重他們。不過他們有時心不在焉，過於沉溺思考，讓我覺得此生沒有遇過更難相處的同伴了。我待在島上的兩個月期間，只有跟女人、商人、拍打員與宮廷的僕人交談過，結果讓自己備受歧視，但是唯有跟這些人交談，我才能勉強得到回應。

靠著用功努力，我已經精通他們的語言了。我在這總是得不到好臉色，並對這座島感到厭煩，於是下定決心，一有機會就會直接離開。

宮廷中有一位大領主，與國王關係密切，但也只是基於這點才受人尊重。事實上他被公認為最無知愚蠢之人。他為國王立下不少汗馬功勞，具備許多先、後天的卓越才智，為人正直，具榮譽感。然而，這位大領主不具備音感，因此遭人毀謗，說他常常打錯拍子，又說他

的老師需要耗費心神才能教會他最簡單的數學題目。他樂於向我表達善意，經常來拜訪我，希望能知道有關歐洲的事情，以及幾個我去過的國家之法律、風俗、禮儀與學術。他總是專心地聆聽我說話，對我所說的一切常有非常獨到的見解。為了保持形象，大領主身旁也有兩名拍打員隨伺，不過只有在朝廷或是正式拜訪才會用上，當我們獨處時，他總是讓他們退下[1]。

我請求這位達官貴人為我向國王說情，准許讓我離去。他告知我已經照辦了，也深表遺憾。他的確開出不少非常優渥的條件，儘管我拒絕他的好意，仍是向他表達最高的敬意。

二月十六日，我向國王和朝廷裡的人道別。國王送了我一份禮物，價值大約兩百英鎊，我的保護人，也就是國王的那位親戚，也送了我一份價值相同的禮物，還有一封給首都拉加多友人的推薦函。這時飛行島在一座山的上空駐留，離首都約兩英里。他們用先前將我吊起

的方式，把我從最底層的走廊放下去。

飛行島君王所統治的大陸，被通稱為巴尼巴比，我之前也提到過，首都稱作拉加多。當我踏上厚實的土地，心中感到些許的滿足。因為我的穿著和本地人一樣，也能與他們交談，所以能自由自在地走進城市裡。我很快就找到了大領主推薦我去找的人，抵達他的住處，並送上飛行島上大領主友人的信函，之後受到盛情款待。這位大領主名喚穆諾迪，他在自己的家裡準備了房間，讓我居住。我駐留於此地時便一直住在這裡，受到最為熱情的招呼。

隔天早上，他帶我搭乘馬車遊覽這座城市。這座城市約有半個倫敦大，不過房屋蓋得很詭異，大部分都年久失修。路上的行人走路非常快，看起來很狂暴。他們雙眼呆滯，且大多數人衣衫襤褸。我們穿過一座城門，進入鄉間三英里左右。我看到工人們用各種工具在土地上耕作，卻猜不透他們到底在做什麼。雖然土壤看上去

路上的行人走路非常快，看起來很狂暴

十分肥沃，上面卻並沒有生長出任何穀物或花草。看到如此奇景，讓我不禁感到訝異。我冒昧地請教領路人，大街與田野裡有那麼多人庸庸碌碌，到底在忙些什麼呢？我不僅沒有看見任何工作的產物與成果，映入眼簾的反而是被糟蹋的土壤、粗製濫造的房屋，以及形容枯槁，生活絕望的人民。領路人欣然為我解答[2]。

穆諾迪領主是上流人士，曾經擔任過拉加多的地方首長數年，但有一小群大臣以其無能為由，迫使他離職。國王寬容地對待他，認為他心性善良，只不過理解力十分低落[3]。

我大肆批評此地區與其居民後，他並沒有多加答覆，只對我說，我剛來此地，與他們相處時間還不夠久，不宜妄下定論，世界上不同的國家風俗本就各自有所不相同，以及其他諸如此類的話。然而，當我們回到他的宅邸後，他問我喜不喜歡這棟房子，有沒有發現任何荒唐可笑的事情，以及他的家僕的衣物與外觀有沒有什麼奇

怪之處。他可以這樣安心地問我，因為他身邊的一切事物都顯得非常華麗高雅、循規蹈矩、合乎禮儀。我回答道，大領主的講究、品味與財富，使他免於和那些愚蠢、貧困之人犯下相同的缺失。他說，如果我願意陪他去二十英里外的鄉間別莊，也就是他的莊園所在地，我們就有更多閒暇時光可以好好進行這樣的交談。我回答大領主一切都悉聽尊便，於是我們隔天早晨便出發了。

一路上，大領主要我觀察幾種農民管理土地的方式，但我卻看不出所以然來，除了極為少數的幾處之外，我看不到半片穀物或是草葉。然而，不到三小時的路程過後，景色卻徹底改變。我們來到一處最綺麗的鄉下地區，與農舍相距不遠，整齊俐落，田地周圍有籬笆，裡面則是葡萄園、麥田和草地。這是我印象中最風光旖旎的景象。大領主見到我豁然開朗，便對我嘆息道：從這裡開始就是他的莊園，到他宅邸前都是相同的景致。他也說道，因為他的國人同胞都嘲笑他，看不起他，認為他無

一路上，大領主要我觀察幾種農民管理土地的方式

法將自己的事情處理得更好，並為王國開了惡例。不過還是有少數像他那樣年老、固執、軟弱之人，仍遵循著此種不良的慣例行事

　　最終我們抵達他的宅邸，確實是座高貴的建築，遵循古代建築最佳的規格建成。噴泉、花園、步道、林蔭大道、樹叢都依據精確的判斷與品味進行設計。我適當地讚賞眼前所有事物，然而大領主不以為意，直到我們用完晚餐，只剩兩人獨處時，他才憂愁地告訴我，他恐怕得拆除自己在鎮上與鄉間的屋舍，並遵照現今的模式進行重建；所有的農園也必須被摧毀，以符合當代農田運作的方式；同時，他得指示所有佃農照辦，不然就會被人責怪為傲慢無禮、特立獨行、矯揉造作、無知、任性，甚至使國王更加不悅。他還提到，若是將一些具體細節告知我後，我原有的欽羨之情恐怕會就此停息，甚至煙消雲散。我在朝廷時可能從未聽聞這些細節，因為那裡的人全都沉溺於自己的思想之中，不會注意到下方

這裡所發生的事情。

　　他談話內容的總結如下：大約在四十年前，也許是為了處理正事，也許是為了遊玩，有些人上去拉普達，一待就是五個月，並帶回數學知識的一點皮毛，滿腦子只剩虛無縹緲的想法，開始厭惡地面世界所有事務的處理方法，並計畫徹底重整藝術、科學、語言、技術。為了達到這個目的，他們取得皇家特許，在拉加多設立了一所發明家科學院，風氣之盛，王國內的重要城市無不紛紛跟進。在這些學院中，教授們設計農業與建築的新規範與新做法，為各種製造業設計了新型的工具和儀器。他們保證，應用這些新的做法與工具，一個人就可以做十人份的工作，七天內還可以蓋完一座宮殿，建材堅固耐用，可以永久使用，永遠都不需要整修。地面上的水果只要人們喜歡，什麼季節都能成熟，產量也能增加一百倍以上。這些人還提出了其他多到數不清的美妙構想，然而美中不足的是，半個計劃都沒有完成，而且還

導致全國各地化作悲土，房屋頹敗，百姓吃不飽、穿不暖。然而，這一切並沒有使他們就此灰心喪志，反而在希望與絕望雙重驅使下，變本加厲地去貫徹他們的計畫。至於大領主自己，不思積極進取，安逸於維持舊況，住在祖先所建的房舍裡，生活中的大小事仍是遵循老祖宗的傳統，沒有任何創新。還有少數其他權貴和士紳也是如此不思改進，因此遭人蔑視與厭惡，被認為是技藝之敵、無知、沒有公益之心、並將自身安逸與怠惰置於國家全面進步發展之上。

大領主還說，我非得參訪那座雄偉的科學院，認為我一定會找到許多樂趣，便不再多加細述，免得破壞我的興致。他只希望我前往約三英里外的山坡上，參觀一棟毀壞的建築物。對於那棟建築物，他給我的說明如下：從前，距離他住處不到半英里的地方，曾經有座磨坊，靠大河裡的水來運轉，十分方便好用，提供自己一家與許多的佃農使用綽綽有餘。然而大約七年前，有一群發

明家前來，向他提出一個計畫，要他毀掉這座磨坊，在那座山上建造另一個，並在連綿的山脊上開挖長運河來貯水，再利用水管和機器把水送至山上，提供磨坊動力，因為從高處流下的水在風的吹動下，能產生更大的動力。再者，斜坡流下的水與平地流動的水相較起來，只需要一半的流量，便能推動磨坊。他提到，由於當時與朝廷關係不睦，又受到許多朋友施壓，因此接受這項提議。他雇用了一百人，花上兩年的時間，結果卻以失敗收場。發明家拍拍屁股走人，將一切責任推卸到他身上，從此不斷地嘲笑他。這些發明家接著又去慫恿其他人做相同的實驗，同樣保證一定成功，結果卻同樣的令人失望。

幾天後，我們回到了城裡。大領主考慮到自己在科學院名聲不佳，不願親自陪我造訪，便像我推薦一位朋友，由他與我同行。大領主欣然形容我是一個極度推崇各式發明的人，充滿好奇心，又容易採信他人。他這番話也不無道理，畢竟我年輕時也算是位發明家。

註解

1 不論這位身為國王親屬的大領主是在影射哪位人士，我們能參考的資料不多，因此無法得出結論。本段落描述他音感很差，大家知道他總是打錯節拍，能輕易看出就是在暗示那些對官員用來迎合君王之手段一竅不通的人，或是謙沖自牧、虛懷若谷之人。斯威夫特是否有可能是在影射喬治一世之子──威爾斯親王？而當時斯威夫特正想要得到此人的青睞。

2 斯威夫特以巴尼巴比暗示英格蘭，拉加多則是代表首都倫敦。路上行人的情況、他們狂野的外貌以及匆匆忙忙的走路方式，是在影射一七一九到一七二一年間在許多新計畫與理論的激情下，群眾的內心狀態。這些計畫以「泡沫」為名，

人們對此趨之若鶩，幾乎是到了狂熱的地步。第一年的計畫規模龐大，成了幾個計畫中最主要的一部分。《南海計畫》(South Sea Scheme) 確實吸引來自上下階級的目光好一陣子，讓人們放下正常工作，如商業與農業活動 (斯威夫特以放著房屋不管，以及丟下農作作為代表)。

　　一七二○年夏天，奈特在《英格蘭史》(History of England) 提到：「『南海之年』與『天狼星狂潮』紅遍大街小巷，至今無人能出其右，當時無論是資本家或窮教授，都非常有自信，認為能在眼前打造出一條康莊大道。計畫的贊助者得到幾位有份量的人士建議，每分錢只需要先付出十先令的利息即可。」

　　七月時，國務卿史卡格給史丹霍普伯爵的信中寫道：「要向您形容這裡的人對《南海計畫》的資助是多麼趨之若鶩根本不可能。原先銀行應該讓人們進入銀行處理業務，然而提領薪水的人群數量眾多，迫使他們只能在大街上擺放桌子，派遣行員處理。」南海公司如雨後春筍般開設，並且公開聲明，聖誕節後，他們的分到的利潤不會低於五成。其他相關產業的計畫與天馬行空的產業每天都會出現。設立的公司不只有漁業、保險業、礦業，任何可能的商務產業幾乎是應有

盡有，甚至還有假髮、鞋子甚至是向日葵油的製造商，也有從西班牙進口公驢、人髮貿易、養豬以及永動機輪的產業。

斯威夫特以這些市集上的食物作為諷刺，其也因警覺到這些空泛的狂熱會造成何等可怕的後果，而激發出良知與愛國心。這促使他寫下《英格蘭泡影論》(*Essay on English Bubble*)「給牧師高官、聖者及其公司行號與股份公司，給無論誠信與否，虔誠與否，明智與否的男女老幼，也給一個個受到近期泡沫事件傷害的人。」

3 斯威夫特應該是用這名角色來表示友人柏林伯克領主，而且有許多確切的相似處。大領主因為一群大臣的陰謀遭到解職，又受到國王的友善對待，似乎指向瓦波爾與其委員會對柏林伯克的彈劾案，以及柏林伯克因為獲得喬治一世青睞而恢復部分公權與復權一事。此段描述自己國家政治的有趣之處，讓我們想起柏林伯克的流亡。他先去道利什，再去巴特錫。他躲藏在這兩處時，宣稱要離開沸沸揚揚的政治圈，好讓自己享受鄉間生活、咬文嚼字以及探索哲學的奧妙。

第五章
大科學院行 [1]

〔格列佛獲准參觀拉加多大科學院，並詳加敘述，並且記錄了教授們致力研究的學術技藝。〕

這所科學院不是一棟完整獨立的建築物，而是由綿延於街道兩側的房屋所組成。原先的房舍逐年荒廢，於是被買下來作為科學院來使用。

我受到院長的親切招待，並造訪科學院許多天。這裡的每間房內都有不只一位發明家，而我相信自己至少

參觀了五百個房間。

我所見到的第一人形容枯槁，雙手與臉龐焦黑，頭髮與鬍鬚很長，參差不齊，其中幾處甚至燒焦了。他的衣物、內衣與皮膚都是同個顏色。他花費八年時間，參與一項計畫，要從小黃瓜裡萃取出陽光，密封於小瓶子中。如此一來，遇上較為寒冷的夏日，這個裝置就能釋放出溫暖的空氣。他告訴我，他相信再花八年左右，就能夠以合理的價碼為長官的花園提供陽光[2]。不過，他抱怨資金不足，並索求於我，以獎勵他的聰明才智，尤其是這個季節的小黃瓜特別昂貴。所以我送他一份小小的禮物，這是大領主知道這些人會跟任何訪客要錢因此事先前特意給我的。

我走進了另一間房間，裡面臭氣熏天，使我想要退卻。嚮導把我往前推，悄悄地告誡我不要得罪裡面的人，因為這會激怒他們，因此我嚇得不敢摀住鼻子。這間研究室裡的發明家是整個科學院中最年邁的，臉孔與鬍子

都呈現淡黃色，雙手與衣物上全都沾滿了穢物。嚮導將我介紹給他，他前來緊緊地擁抱我，這種問候方式還真是令我不敢領教。自從他來到科學院工作，便著手研究該如何將人類的糞便還原成食物，所採用的方式即是將糞便分解成若干成分，去除膽汁的味道，靠著蒸發來驅散異味，再過濾唾液。科學院每週給他一個與布里斯托的酒桶一樣大的容器，裡面裝了滿滿的糞便。

另一位發明家試圖將冰鍛燒成火藥。他讓我觀摩他所寫的論文，裡面討論焰火的延展性，並且打算出版。

還有一位鶴立雞群的建築師，設計出全新的蓋房子方法，即從屋頂一路往下蓋到地基。他向我辯證道，世上最聰明的昆蟲——蜜蜂與蜘蛛——也是這樣築巢的。

另外還有個天生失明的人，帶領著幾位同樣失明的學生。他們負責為畫家調製各種顏料，效法師傅傳授的技法，靠觸覺與嗅覺來工作。只可惜我遇上他們的時機不對，不僅是學生們學藝不精，教授本身更是錯誤百出。

但這位大師仍是受到同行的鼓勵與尊敬 [3]。

在另一間房裡，我很高興能遇上這位發現能夠以豬犁田的冒險家，因為這樣就能省下犁、牛隻與勞動力的花費。其方法如下：在占地一英畝的土地中埋先下大量橡果、椰棗、栗子、以及其他果實與豬隻喜歡吃的蔬菜，彼此間隔六英寸，深度八英寸，然後將六百隻以上的豬趕入田中。豬為了找尋食物，會將鼻子深入土中，不用幾天時間，便能將整片土地翻過來，不但使土地適合耕作，留下的糞便也能夠當作肥料。但經過實測後，他們發現這種方法所花費的金錢與勞力十分龐大，收成欠佳，甚至一無所獲，卻仍深信這種方式有可能改善農作。

我走進另一間房裡，除了供發明家出入的狹長走道外，牆壁與天花板全都掛滿蜘蛛網。當我進入時，發明家大喊著，告誡我不要弄亂他的蜘蛛網。他感慨世人們長久以來養蠶取絲，這可是大錯特錯。我們生活周遭有那麼多蜘蛛，牠們不只會吐絲，也懂如何結網，比蠶更

發明家大喊著，告誡我不要弄亂他的蜘蛛網

加厲害。他更進一步提出，使用蜘蛛可以節省染色的花費。他給我看五彩繽紛的蒼蠅，適用於餵食蜘蛛。他向我保證，只要能為這些五顏六色的蒼蠅找到適當的食物，像是橡膠、油脂或是其他具備黏性的物質，就能產出兼具韌性與黏性的蜘蛛絲，希望能滿足所有人的喜好 [4]。

有一位天文學家在市政廳的大風向標裝上日晷，藉由調整太陽與地球每年與每日的運動，就能同時知道風向有任何突然的轉變 [5]。

正當我在抱怨肚子有些不舒服時，嚮導立刻將我帶進大醫生所住的房間。這位醫生使用同一工具中兩種相反的功能來治病，並因此聞名。他有一對大風管，其中一頭是細長的象牙噴嘴。他將噴嘴塞入肛門八英寸深處，接著吸出空氣，他很肯定自己能讓腸子變得跟乾癟的膀胱一樣瘦長。若疾病更加頑劣，他便會將風管注滿空氣，把噴嘴插入，將空氣灌進病人體內，接著取出工具，重新注滿空氣，以拇指用力地堵住肛門口，如此重複三、

四遍，外來的空氣就會衝出體外，將有毒物質一併帶出體外，就像是為了方便抽水而將水灌入幫浦，之後病人便能康復。我看見他在一條狗身上進行這兩種實驗，我看不出第一種實驗有任何成效；第二種實驗完成時，那隻狗看起來膨脹到快要爆炸，接著牠猛然排出氣體，使我的同伴與我感到十分不適。那隻狗當場暴斃，當我們離開的時候，醫生正努力用相同的方式搶救牠。

我還參訪了許多房間，不過為了要簡明扼要，就不一一列舉我觀察到奇聞軼事來打擾讀者。

到此為止，我只看過這科學院的其中一側，另外一側則是從事空想的學者專用。我還要提到一位身分顯赫的人物，這位人物在眾發明家之中，被稱為「通才大師」。他告訴我們，自己三十年來，都在思考該如何改善人類的生活。他有兩間大房間，裡面塞滿各種奇珍異寶，並有五十個人在裡頭工作。有些人藉由抽出空氣中的硝，過濾掉水分或者是液態分子，將空氣濃縮成可以

摸到的乾燥物質；其他人則是軟化大理石，將其做成枕頭或是針墊；還有些人正在將活生生的馬匹的蹄硬化，以預防牠們染上蹄葉炎。大師本人當時埋首於兩項重大計畫：第一項是用糟糠來播種，他深信糟糠擁有再生能力，並運用各式各樣的實驗來證明，不過我學藝不精，無法理解。第二項則是用某種膠體、礦物與蔬菜的混和物，敷在兩頭羔羊身上，用來阻止牠們長出羊毛，他希望能在合理的時間內，讓整個王國都能飼養無毛羊。

我們穿越走道，前往科學院的另一頭，前面也提及過，這裡是從事空想的發明家的住所。

我所見到的第一位教授，身處非常大的房間，周遭有四十位學徒。打完招呼後，我認真地望著佔滿大半房間的架子，他見狀便說道，或許我也有興趣一覽他所從事的計畫，那就是以實用與機械性的操作，來增進空想的知識。他表示，這世界很快就會明白這項發明的實用之處，又自鳴得意地說，除了他，沒有任何人的腦袋能

夠想出更加高明、崇高的點子。眾所周知，用一般的方式在藝術與科學上獲得成就非常費力。相反地，若使用他的發明，只要支付合理的花費與付出一點的體力，就算是最無知的人也能寫出一本又一本哲學、詩歌、政治、法律、數學與神學的著作，完全不需借助天分或者學習。

接著，他將我帶往架子前，所有學生則在架子周圍排排站好。這架子有二十平方英尺大，置於房間中央，外觀由數種木塊組成，每個木塊大小與骰子相當，有些則稍微大一點。這些木塊全由金屬細線串起，每一面都貼上紙，紙上以他們的語言寫了各個字詞，有不同的語氣、時態與詞性變化。接下來，教授準備啟動機器，吩咐我在一旁觀摩。在他的指揮下，學生們抓住固定於架子邊緣的四十根把手，機器突然一轉，上面所有文字的排序徹底改變。接著，他又命令三十六位小夥子輕聲唸出架上出現的行句。當他們在架上找到由三、四個字組合在一起，並能構成一部份句子的詞組時，就會轉述給

剩下四位男孩抄寫。他們重覆這項工作三、四遍，因為機器的設計使方形木塊能上下對調，所以每次運轉時，文字都會移動到新的位置 [6]。

這些年輕學生每天投入六小時進行這項工作。教授展示已經收集到的片段句子，多到可以做成好幾冊的巨大對開本。他想要將這些片斷組合起來，從那些豐富的材料中，向世界展現一切技藝與科學的全貌。若是大眾集資，在拉加多打造五百部這種機器，並加以應用，教授原先的成效必定能日益精進，大幅度提升。

他信誓旦旦地對我說，他從年輕時就投入所有心思在這項發明上，他也已經將所有辭彙都匯入這個架子，並以最精確的方式計算出書本中的助詞、名詞、動詞與其他詞語大致的比例。

承蒙這位名人的傾囊講述，我畢恭畢敬地向他致意，並答應如果有幸回國，一定尊奉他為這部厲害機器的唯一發明者，讓他名符其實。我也請求他允諾我將這機器

的外型與設計畫在紙上。我告訴他，儘管我們歐洲的博學智士習慣剽竊彼此的發明成果（因此他們至少還有這項長處），常造成不知誰才是合法持有者的爭議，但我一定會多加注意，使他能獨享這份殊榮，不讓他的功勞被其他競爭者侵占。

接著我們來到了語言學校，有三位教授正坐在那商討如何改進自己國家的語言。

第一項計畫就是將多音節的單字刪減為單音節字，並去除動詞與分詞，因為實際上我們所能想像到的詞語都是名詞[7]。

另一項計畫則是要廢除所有文字。他們主張如此不僅有益健康，也能簡化生活，因為我們口中說出的每個字詞，或多或少都會磨損我們的肺部，對身體造成傷害，導致我們壽命減短。於是，他們構思出這個權宜之計，既然文字都只是事物的名稱，那麼當所有人談到特定的事物時，就直接帶上該實物進行表達即可。這項發明原

另一項計畫則是要廢除所有文字

本是可行的，但是女人、粗鄙下人以及文盲串通了起來，要求能像老祖宗一樣自由地用嘴巴說話，不然就要造反，導致這項對所有人民都大為簡便又有利於健康的方式無法實行。這些庸俗百姓真是科學的死敵。不過很多學識淵博的人都遵循這種以實際物品來表達的新計畫。這項計畫確有個唯一的不便之處：若是談論的主題重大、涉略廣泛，說話人就需要在背部駄著更大包的物品，除非他雇用得起一、兩位僕人替他攜帶這些物品。我常常看到兩位這樣的賢哲被身上的重量壓垮，如同我們的在路上遇到的攤販。當這些人在街上相遇時，就會卸下身上的重擔，打開包袱，相談一小時，接著收拾器具，協助彼此重新揹上重擔，互相道別。

若談話簡短，說話者只需要將所需物品塞入口袋，或是夾在腋下，就已綽綽有餘；若是在自己家中，就更不可能語焉不詳。因此，遵照這種說話方式的人在屋內見面時，手邊滿滿都是物品，因為這些都是這種新造出

來的說話方式所必需的。

　　這項發明還有另一項優點，因為文明國家之間的物品與工具大多相似，人們能輕易了解其用途，因此能成為國際間共通的語言。即使雙方對彼此語言一竅不通，大使們仍能與外國的君王或外交大臣用這種方式溝通。

　　我也參訪了數學學校，那裡的老師用歐洲人幾乎無法想像的方式來教育學生：他們用頭痛藥當作墨水，將命題與證明寫在一片薄餅上，並讓學生們空腹吃下。接下來三天的時間內，除了麵包與開水，學生們不得進食。隨著薄餅消化完畢，藥劑就會將命題運送至腦部。不過截至目前，這種方式的成效並不如預期。除了劑量或成分有誤，學生們也頑強抵抗，因此成效不彰。由於他們覺得這種藥很噁心，常常偷雞摸狗，在藥效發揮前吐出來，而老師也無力督促他們遵從處方的指示長期禁食。

註解

1 第五、六章中，斯威夫特將毫無保留地抨擊從事空想研究的教授，以各式各樣的荒謬，呈現他們幻想的產物。本章諷刺的大致概念無庸置疑就是取材拉伯雷對《巨人傳》(Quintessence, Queen of Entlechi) 中，潘塔古爾拜訪惠姆國 (Queendom of Whims) 時，對官員的描述。若有興趣想閱覽一番，可以在《巨人傳》第五冊的第十九、二十及二十一章找到。對於我們大部分的讀者來說，這麼大篇幅的寫作比起幽默，不如說是古怪。文中的影射至今仍未能徹底解讀，無法將此處的粗糙與卑劣合理化。

2 斯威夫特曾寫一份有趣的研究《煤炭工、廚師、鐵匠、

木匠、銅匠與其他人的卑微請願》(*The Humble Petition of the Colliers, Cooks, Cookmaids, Blacksmiths, Jackmakers, Braziers, and others*)，並上呈給倫敦市長與市議員拜讀，批判那些擅自冠名為「反射光學供食者」的特定幾位藝術家，抱怨他們「蒐集、破壞、折疊、綑綁陽光，再使用特殊鏡片來製造、生產、點燃幾個新焦點，或是在陛下的領土上縱火，然後在那裡煮、烘焙、燉、煎、點綴各式各樣的食物，以及釀製、蒸餾、冶煉，總之就是做各種需要烹飪用火的工作。」

他也說：「上述提到的反射光學供食者確實從事這些事情，像是利用冰塊做成的燒杯，等到隔年冬天時，在泰晤士河上烤一隻牛，」然後以非常有趣的文筆闡述這群人所作所為帶來的邪惡。這段文字遊戲就是讓文中出現諷刺，我們能合理推論這是刻意安排用來批判類似的哲學怪誕之處。斯威夫特抨擊的不是真正的科學，而是雜七雜八的假科學，卻時常被人們誤以為是在批判科學。

3 斯威夫特嘲笑某些學者，居然認為盲人並非完全無法透過教學，學會用手摸出顏色。確實，據說有位名為巴托林的丹麥雕刻家具備這種才能。不過我們不太可能如此高估盲人在辨認顏色上有出眾的感知能力。偉大的尼可拉斯・桑德

森從出生起就失明，卻在劍橋大學數學系上擁有一席之地，他不僅不用像其他人一樣要靠視覺與觸覺來分辨貨幣的真偽，還能注意到有幾朵雲飄過太陽，甚至能在風和日麗時，透過風吹在他臉上所產生的振動，判斷物體的遠近。

4 我們能合理推論斯威夫特在前幾年有注意到名為彭的法國天才。彭確實成功製造出可使用的蜘蛛絲，可以用於紡織襪子與手套，並且上呈襪子與手套各一組給皇家科學院看，作者或許也看過。《李氏百科全書》(*Rees's Cyclopædia*) 的〈蜘蛛絲〉(*Spider Silk*) 一文詳實地提供製作過程，與生產絲的蜘蛛品種。此摘取自《彭先生回憶錄》(*Memoir of Mr. Pon*)，並且於一七一〇年上呈給法國皇家科學院，之後也上呈列奧米爾先生所寫的報告。彭先生說這些蜘蛛生產的絲在各方面都足以媲美蠶絲，像是美麗、滑順與強韌度，還能用各種染劑來染色，也能做成各式各樣的產品。然而列奧米爾的報告卻持不同意見，認為這種生產方式不符合經濟效益。這些蜘蛛太過兇殘，大蜘蛛會殺死小蜘蛛。而彭先生也宣稱這些蜘蛛身上有活性鹽，能透過蒸餾來萃取。

5 斯威夫特時常沉浸在批判天文學家的慾望中。他寫了一首稱不上好，也不值得讚賞的詩來批判「邪惡的威爾・威斯頓」

與數學家杭菲力‧迪頓從液體提出探測海上經度的方式。

科內利屋斯‧亞吉帕在他的論文《藝術與科學的空虛》(*De Vanité Artium et Scientiarum*) 中對天文學家與星象學家的描述與斯威夫特一樣粗略。「他們的爭論全都是徒勞無功，不論是關於日心說、地心說、行星輪、逆行、天體運行、前進、停止、快速移動、運行軌道，我一概無視，因為這都不是上帝或大自然的產物，只不過是數學家想出來的瑣事，全都無足輕重。他們起初受到腐敗哲學與詩人幻想的影響，傳授這門技藝的教授卻信誓旦旦地相信這些是上帝或大自然所創。這些虛構的學術妄加臆測天體運行的成因，斷言這些偽學是天體運行的原則。這些天文學家有個阿納克西美尼的女僕，總是適時地給予一針見血的回覆。這位女傭不會與主人說話，有天主人比平常稍微晚外出觀察天空，當他盯著星空看時，沒注意到周遭環境，不小心掉進大洞裡。這時女傭說：『先生，我很懷疑，你連鼻子下方有什麼都不知道，又為何自認能知曉天上的事物。』」

6 在原版的《格列佛遊記》中，作者鄭重地向讀者呈現出這台可笑機器的圖片，以期讀者能較為了解這位教授的製作過程。華特‧史考特認為這主意是用來嘲弄雷蒙‧路利，並由評論他的人發揚光大。根據科內利烏斯‧阿格里帕對機

器運作方式的說法：「所有人都能充分為自己想要的事物爭論，並藉著造出許多的名詞與動詞，帶著誇耀之心進行發明與爭論，用各式各樣的瑣碎之事欺騙兩邊的人。」

史考特補充：「讀者讀到教授示範這項簡單卻偉大的發明時，或許已經彷彿置身於拉加多發明家學院。此處的展示包含調整機器，讓它能固定與移動各式各樣的圓圈。主要的拱型結構已經調整好，並且寫上多數人可以想到的、各式各樣可以應用的東西，像是神、天使、大地、天堂、人類、動物……等。另一個可動的圓圈被放入拱中，寫上邏輯學家所謂的變因，像是數量、品質、關係……等。之後又裝上寫了獨立或相關的謂詞……的圓圈，有的還寫上問句形式。藉由轉動圓圈，就能把組成問句的各種的要素結合起來，完成某種機械邏輯。斯威夫特設計出舉世聞名的寫書機器時，一定有想到這個機器。

不過也有人支持路利。十七世紀中葉，名揚四海的阿薩納西斯・克齊爾發明了本質相似的機器，其中一個被稱為「光」，因為外型類似燈籠。史考特說這台機器不只解決天球與曆法的基本問題，還解出醫學與天文學問題，甚至是卡巴拉的問題。史考特似乎預料到我們這時代的巴貝基製造出計算機器。

耶穌會士嘉斯帕得・凱提爾在布拉格展示相同的計畫《邁向所有藝術與科學的皇家之路》(*Via Regia ad omnes Artes et Scientias*) 不久後，著名的遠見者昆利尼斯・卡曼 (克里奇神父的長期筆友) 宣布他發明一台機器 (與孩童的旋轉玩具十分相似)，它能用於精通所有科學、語言與知識，然而這位可憐人力有未逮。他宣告要與上帝和魔鬼維持長久的交流，於是在俄羅斯發展宗教團體 (他稱之為「多庫伯茲」或「靈魂摔跤手」)，最後被彼得一世綁在木樁上燒死。他的愚蠢行徑可謂到了頂點，讓人們毅然決然地以巴貝基的計算機器取而代之，而後者向全世界展現出真科學與機械工藝的偉大組合。

[7] 歐瑞里領主評論本段落時說：「縮短言談的計畫，就是將多音節刪減為單音節，刪除動詞與與分詞，這些是在指涉簡化英語的不良行徑。其方言本質上就不夠好聽，若是經過不當刪減，難聽程度將有增無減。斯威夫特自己的發音方式十分嚴謹，因此不會容許任何不恰當的說話方式逃過他的批判。斯威夫特為了糾正女議員的用字遣詞，親手寫一份艱深詞彙的字典，我還記得曾經看過手稿。」

第六章
大科學院研究[1]

〔本章更進一步描述這座科學院；格列佛提出改善意見，並榮獲採納。〕

我在政治發明家學院中感到百無聊賴，依據我判斷，這裡的教授們看起來已經全然失去理智。每當我想起這幅景象，都讓我覺得憂心忡忡。這些可憐人提出許多計畫，說服君王們依據智慧、能力與品格來重用大臣；教育部屬行事以公共利益為本；犒賞勞苦功高、能力卓越與貢獻不凡的人；指導大臣們要知道真正的利益，將百姓利益與自身利益一視同仁，

並且要懂得用人唯才。此外，還有許多人們始料未及、聞所未聞、不切實際的狂想。這也替我驗證了一項古老的評論：再怎麼誇張、不理性的事情，都可能被某些哲學家視作真理。

然而，平心而論，我必須坦承科學院的這個部門裡，不是所有人都是如此具備遠見。有位聰明絕頂的醫師，似乎非常精通政府的所有的本質與體系。這位卓越之人學以致用，找出了問題與腐敗的有效療法。這些問題在多種公共行政部門積弊已深，成因不只是治理者的邪惡與無能為力，也源自於順從者的縱容。舉例來說，所有作家與邏輯推理者一致同意，生物的身體與政治體系非常類似，兩者的健康都必須維護，兩者的疾病也需要以同樣的處方治療，這不是再明顯不過嗎？

人們都認為，參議院與眾議院的成員常為其體液過剩、沸騰與其他精神症狀所擾，因此許多人頭部罹患病痛，更多人心臟有問題，同時伴隨著強烈的抽搐，雙手的神經與肌腱嚴重地萎縮，其中以右手更嚴重。其他症

狀還包含脾氣差、脹氣、目眩神迷與妄想，淋巴瘤化為膿狀物質，伴隨滿滿的臭氣，肚子脹氣，打嗝發出酸臭味，狼吞虎嚥卻消化不良，其他更多症狀就不列舉了。因此這位醫師主張，參議院開會的前三天應該在現場安排幾位醫生，每天辯論完畢後，為每一位議員把脈，經過深思熟慮，商討數種疾病的特質與治療方式。第四天，他們應回到參議院，由藥劑師陪同，帶上適當的藥物，在議員們坐定開會前，依據各議員的病情需求，讓每位議員服用不同的藥物，包括鎮定劑、輕瀉劑、瀉藥、腐蝕藥劑、整腸劑、和緩藥、通便劑、頭痛藥、黃疸劑、興奮劑或耳聾藥，再依據藥效，於下次的開會時沿用、更改、或是刪減用藥。

依據我的拙見，這項計畫不需要讓大眾負擔龐大的花費，卻對公眾大有助益，讓握有立法權的各地參議員在處理事務時，能夠大大發揮作用，像是促成共識、縮短辯論、讓目前悶不吭聲的人開口發表意見、使喋喋不休的人安靜下來、抑制年輕人的魯莽衝動、矯正老人家的自以為是、啟發愚鈍之人與阻止冒失的人。

由藥劑師陪同，帶上適當的藥物

此外，人民對君王的寵臣其記憶短暫與衰退的問題也怨聲載道，這位醫師向隨侍在首相身邊的人提出建議：當首相以最簡明扼要的方式報告完公務並離開後，應該捏一下他的鼻子，或踢一下肚子、踏一下雞眼、用力拉雙耳三下、用針刺他的屁股、將他的手臂捏到瘀青，如此一來就能預防健忘症。並且每個早朝的日子裡，都要重複一樣的動作，直到完成公務或是被首相打發離開為止。

　　他也主張，國會的每個議員在發表完意見並申辯之後，都要投下與自己意見全然相左的一票，如此一來，投票結果就一定有利於大眾。

　　國內的黨爭激烈，他也提出一項的妙計，可幫助雙方和解。方法如下：從各個政黨成員中挑選出一百位中堅份子，依據頭部大小進行配對，大小最相近的兩人為一組。接著，請兩位手藝精巧的外科醫生同時鋸下每對成員的枕骨，將頭腦一分為二，再將鋸下來的枕骨裝到敵對政黨的成員頭上。這樣的工作確實需要極高的精確度，不過這位教授向我們保證，若手術進行得乾淨俐落，

這樣的工作確實需要極高的精確度

這種療法就一定有成效。他接著強調：手術過後，兩個半腦會在同一顆頭顱裡進行辯論，很快就能達成共識，並以中庸且規律的模式思考。而對於那些腦袋裡想像著他們來到這世界只是為了監控與管理世間事務的人來說，這可是不可多得的好事。至於那些黨派主導者，醫生用切身經驗來向我們保證，這完全是小事一樁。

我也聽見兩位教授非常熱烈地辯論何種募款方式最為方便、有效，卻不會讓百姓感到心疼。第一位斷定，最公正的方式，就是向邪惡與愚蠢的人課稅，稅額由其鄰居組成陪審團，以最公正的方式來制定。第二位教授則是抱持相反意見，他主張要根據人民所重視的身心特質來徵稅，稅額由卓越的程度來決定。至於卓越的程度，完全取決自由心證。被課最高稅額的人，是異性緣最好的男人，而這項估計是依據他們受到寵愛的次數與性質來決定，這些人也被允許為自己作證。他們也提出要對才智、勇氣、禮貌課以重稅，收稅方式也同樣是依據每個人所擁有的特質來自行申報。不過榮耀、正義、智慧

或學問則根本就不應該被課稅，因為這些特質太古怪了，沒有人願意承認自己與具備這些特質的人為鄰，也不會因為自己具備這些特質而看重自己。

他們也主張，要依據女人的美貌與穿搭技巧進行課稅。在這部分，女人與男人具有相同的特權，能夠自行決定稅額的多寡。不過忠誠、貞潔、良善則不列入課稅條件，因為她們無法忍受被課以這些稅金。

為了讓參議員持續為皇室利益服務，有人主張應該藉由抽籤來決定參議員的職務。所有人要先立誓，保證無論輸贏，都會投票支持朝廷。之後有任何職務釋出時，輸家就能再次抽籤。因此，他們就會持續抱持希望與期待，沒有人會抱怨毀約的問題，只會將自己的失望徹底歸咎於命運，而命運的肩膀比起內閣，更加寬廣與健壯。

另一位教授向我展示一段長篇大論，探討如何發掘反政府的陰謀。他提出建議，要偉大的政治家們檢視所有嫌疑者的飲食習慣、用餐時間、睡覺時身體側向哪邊，以及用哪隻手擦屁股，詳細檢查他們糞便的顏色、氣味、

口味、濃稠度與消化程度，依此來判斷他們的思想與計畫。他時常進行實驗，從中發現排便時是人們最嚴肅且全神貫注的時刻。在那種情況，若只要盤算刺殺國王的最好方法，糞便就會呈現綠色；而若是有造反或是產生放火把國都燒掉的念頭，顏色則大不相同。

整篇論述寫得鉅細靡遺、觀察入微，包含許多的洞見，對政治人物而言十分實用。不過，我覺得不夠完整，並斗膽告訴這位教授，如果他願意，我能補充一些論點。比起作家，特別是寫研究計畫的，這位教授更懂得虛心求教，表示很高興能收到更多指點。

我告訴他，旅行時我曾在崔比尼亞王國駐留，當地人稱此地為朗東[2]。那個地方的居民全是些挖掘者、目擊者、線人、控告者、檢舉者、證人、咒罵者，以及他們的爪牙，還有各種卑躬屈膝、逢迎諂媚之人。這些人全部受到大臣與其副官的管理與雇傭[3]。國中的多數人採取陰謀詭計，藉此提升自己身為政治人物的身分地位；為荒唐的行政部門注入新的勢力；壓制或移轉群眾的不

滿情緒，好讓他們沒收百姓的財產來中飽私囊；或是為了提升個人利益，決定政府公債價格的漲跌。首先，這些人彼此串通，從嫌疑人士之中，決定要控告哪些人密謀造反。接著採取有效措施，取得這些人全部的書信與其他文件，並將他們羈押上銬。

這些文件會被交給專精於發掘出文字、音節與字母隱藏涵意的大師。舉例來說，這些大師能將「馬桶」解讀為「樞密院」，稱「一群鶴」為「參議院」，或叫「瘸腿犬」[4]為「侵入者」、「瘟疫」為「常備軍隊」、「禿鷹」為「首相」、「痛風」為「大祭司」、「絞刑架」為「國務卿」、「便壺」為「貴族委員會」、「掃把」為「革命」、「篩子」為「宮廷女士」、「捕鼠器」為「職位」、「無底洞」為「國庫」、「水槽」為「宮廷」、「有鈴鐺的弄臣帽」代表「寵臣」、「斷裂的蘆葦」代表「法院」、「空桶子」代表「將軍」、「流膿的瘡」代表「行政部門」。

如果這方法行不通，他們還有兩種方法，效果更為顯著。他們的學者將這兩個方式成為「字首法」與「字

母異序法」。第一種就是賦予第一個字母政治意涵的詮釋，因此Ｎ代表「謀反」，Ｂ代表「騎兵軍團」，Ｌ代表「海上的艦隊」。第二種方式則是將可疑文件中的字母順序調換，如此一來，無論反對黨的計畫再隱密，也是無所遁形。舉例來說，若我在信中寫道「我們的兄弟湯姆剛剛得到痔瘡」，精通這等技巧的人就會將那構成這句話的字母相互調換，並把它解讀為「抗爭吧——陰謀已經帶回家中了——旅團）。而這就是字母異序法」[5]。

教授非常感謝我提供他這些意見，並且答應要在他的論文中提及我的名字，以表示敬意。

但我在這國度找不到任何值得留戀的事物，便開始想要返回英格蘭的家鄉。

註解

　　1 本章斯威夫特透過拉加多發明家學院的政治理念，探討那個年代的政客。我們能預期到本章將呈現斯威夫特強烈的托利黨精神與成見，就像是《小人國遊記》那樣，他批判惠格黨在喬治一世登基後，迫害斯威夫特友人的所作所為。歐瑞里領主評論：「第六章充滿苛薄與諷刺，有時在抨擊立法權，有時在批判女性，有時這樣的諷刺則淪為低俗。真正的幽默應該是保持正義與莊重，要不然會失去所有的趣味。那些驚世駭俗的描述不可能對我們的心靈產生任何正向的影

響。這些敘述冒犯他人，因此我們非禮勿視。我們不能花太多時間檢驗如此可怕的文字之下，是否具有機智、理智或是道德意涵。我很遺憾得這樣描述，斯威夫特作品中穿插太多這種敘述，鮮少從其他角度或出於其他動機來寫作，只想肆無忌憚、無拘無束地展現出自己的幽默與批判。」

2 一七二六年的初版並沒有提到崔比尼亞與朗東這兩個名稱。這兩個名稱是字謎，前者影射不列顛，後者代表英格蘭。奇怪的是，華特・史考特追隨泰勒博士的腳步，認為後者是代表倫敦，這點明顯有誤。讀者會自然而然地認為《格列佛遊記》中的其他名稱都是字母異序詞（將原本詞彙的字母重新排列組合而形成類似字謎的隱語），然而我研究許多這些名稱後，卻沒有任何發現，當然這是基於如果真的有字謎的情況。

3 接下來的段落中，斯威夫特將會以尖酸刻薄與嘲弄的語氣，批判上下議院用來對友人羅切斯特主教法蘭西斯・亞特伯里定罪的證據。一七二三年，主教遭到指控，涉嫌迎回僭王。然而他們並未握有任何直接證據，只是透過監控他的往來，以及信件中的暗號，以此作出關聯，議會內外都有許多人與他關係良好，因此內閣不敢下令褫奪公權，即使減輕

剝奪與放逐的懲處，仍是招致嚴重不滿。托利黨完全不承認這之中有任何陰謀，並且矢口否認亞特伯里真的受到任何陰謀牽連。羅切斯特主教的密友——斯威夫特與波普，深深感到同情，於是激勵大眾支持亞特伯里。亞特伯里在倫敦塔中受到的酷刑，使這些對付他的行徑更無法獲得支持。

4 此處是影射下議會用來指控亞特伯里的間接證據，最終在豪爾的《國家訴訟》(*State Trials vol xiv., p.376*) 發現：「有些信件遭到攔截，而我們大有理由相信這些信是由羅斯特主教所寫，其中一封上面簽署 T.瓊斯，另一封簽署 T.艾靈頓。委員會將上呈到議會中，作為呈堂證據。委員會從許多案例中找到這兩個名字，然而這些案例本身似乎微不足道，坦白說，根本不足以定罪。巴恩斯夫人曾遭上議院的委員會檢驗，固執地拒絕讓委員會發現任何有關喬治・凱利的事情；然而當她被問及是否知道有隻從法國送來給凱利的狗，她沒想過這將使委員會有所進展，因此她輕易地坦白曾養過一隻斑點小狗，叫做哈利昆恩，是從法國帶來的，還斷了一條腿，凱利先生將狗交給她照顧直到牠康復。然而委員會似乎已經從攔截到凱利與法國通訊者的書信中 (證據在本報告後續揭露)，發現剛好有隻名稱相同的狗，同樣傷了一條腿，從法國

送到凱利家，當作禮物給名為的瓊斯與艾靈頓的人。」

斯威夫特利用自身經歷的荒唐情境，將其寫成幽默的詩作《論從羅切斯特主教的法國犬哈利昆恩身上發現的可怕陰謀》(*Upon the Horrid Plot discovered by Harlequin, the Bishop of Rochester's French Dog*)，大力抨擊惠格黨。

5 議會藉由詮釋亞特伯里寫作中的暗示，想將其定罪。此處可看出斯威夫特嘲諷此事的方式恰到好處。信中出現湯姆這個名字，似乎讓委員會摸不著頭緒。「委員會無法推論出信中的湯姆到底是指什麼人，不過他們相信或許議會能找出來。從其關聯性與其他事項推論，肯定是代表已經去世的奧爾蒙公爵。解密者認為一三七八這個數字帶表某個名字開頭為 R 的人，委員會認為是羅切斯特主教。著名的解密專家愛德華・威列斯為此解讀背書，並發誓得以成功解讀密碼的關鍵正確無誤。但他卻拒絕公布此項關鍵，因為繼續下去將會讓他的技術曝光，還會使心術不正的人發明出更複雜的密碼。而委員會則允許愛德華不公開此項關鍵。

第七章
前往魔法國

〔格列佛離開拉加多，抵達馬多納達。但無船可搭，
於是短程航行至格魯都錐比，接受總督的接待。〕

我想該王國位處的
大陸，朝東方延伸可至加
州以西那片不知名的美
洲土地，並銜接北太平
洋，且距離拉加多不超過
一百五十英里。那裡有一
座優良港口，與拉格納格
這座大島商貿往來頻繁。拉格納格位於王國的西北方，
位處北緯二十九度，經度一百四十度，相對位置在日本

東南側約一百里格。拉格納格國王與日本天皇之間的盟約關係緊密，提供不少兩國之間往返航行的機會。因此我打算如此制定我的航行，方便回到歐洲。我僱用兩頭騾以及一名嚮導為我帶路，並帶上我的小行囊。我向我崇高的保護人道別。他對我照顧有加，離別時還為我準備了慷慨的大禮。

這一路上沒有值得一提的意外或冒險。當我抵達馬多納達(人們這樣稱呼此地)的港口時，那裡並沒有任何前往拉格納格的船隻，而且短時間內似乎都不會有。這座城鎮跟樸茨茅斯差不多一樣大。過沒多久，我就認識一群朋友，受到對方非常熱烈的招待。一名身分顯赫的紳士告訴我，既然前往拉格納格的船隻一個月內都無法準備就緒，不如就前往位於西南方約五里格的格魯都錐比這座小島，當作是個不錯的消遣吧。他與一名朋友願意陪我一同前往，並且提供我一艘輕便的小帆船航行。

「格魯都錐比」這個詞，就我的理解，指的是「巫

師」或是「魔術師」之島，島上花果結實纍纍，面積約有懷特島的三分之一。這座島由某個部落的總督統治，整個部落都是魔術師。部落成員只與自己的族人通婚，排行最年長的就是君王或總督。總督有座高貴的宮殿，以及一片約三千英畝的莊園，由高二十英尺的石頭牆所包圍。莊園內部圈起幾塊小土地，作為畜牧、種植穀物與園藝之用。

總督與他的家人由一位非比尋常的僕人服侍。他能使用死靈法術，能隨心所欲地將死者召喚回來，並控制祂們二十四小時。除特殊情況之外，死靈法師不能控制喚回的死者超過二十四小時，也不能在三個月內召喚同一名死者。

上午十一點左右，我們抵達這座島，同行的其中一位紳士去拜見總督，並請求總督接見專程來前的異邦人，總督很快就應允了。於是，我們三人穿越兩排護衛，一同進入皇宮大門。這些護衛的武器與服裝都非常稀奇古

怪，臉上的表情讓我覺得毛骨悚然，我的心裡有種說不出的恐懼。我們又經過幾間廳堂，兩側也站著同樣詭異的僕人，我們從僕人中間走過，來到會客廳。之後我們深深鞠躬三次，稍微回答幾個問題後，被獲准坐在總督大人寶座旁最低矮台階的三張凳子上。總督聽得懂巴尼巴比語，雖然此語言與他們島上講的話有所不同。他要我談談自己的旅途，伸手示意要我不必多禮，並讓所有隨從退下。

突然間，隨從們消失無蹤，如夢幻泡影，令我瞠目結舌。直到總督向我擔保我不會受到任何傷害，我才回過神來。兩位同伴似乎常常受到如此款待，完全沒露出任何驚慌的神色。看到他們如此神態自若，我才開始鼓起勇氣，簡明扼要地向總督講述幾次冒險的來龍去脈。不過我心中仍是有所遲疑，不時地回頭，望向幽靈僕人先前出現的地方。我有幸能與總督一同用餐，新的一批鬼魂送上肉食，並在桌邊隨

新的一批鬼魂送上肉食，並在桌邊隨伺

伺。我發現自己已經不如上午時那般恐懼。一直待到日落後，我才畢恭畢敬地向總督請求諒解，自己沒有應邀在宮殿中過夜。我與兩位友人入住隔壁城鎮的某間私人住宅，這座城鎮是整座小島的首都。隔日早晨，我們遵照總督吩咐，回到宮中向他報到。

我們這樣在島上待了十天。白天大部分的時間都在陪伴總督，晚上則是待在住所。沒多久，我也對鬼魂的存在感到習以為常，看了三、四遍後，已能不為所動。即便內心偶有一絲恐懼，我的好奇心仍佔了上風。總督大人下令讓我召喚任何我想見到的死者，從創世之初直到現今都可以，數量多寡也無所謂。總督大人並命令他們回答我任何問題，但僅限於發生在他們生活的年代的事件。而且我很確定一件事情，這些死者一定會對我實話實說，因為在冥界裡，說謊這項能力毫無用處 [1]。

我恭敬地對大人的恩寵表達感謝之意。我們在謁見廳裡，莊園的美景盡收眼底。首先，我想親眼目睹盛大

壯闊的華麗場景，於是便表示自己想看剛從阿畢拉戰役凱旋而歸並率領大軍的亞歷山大大帝。只見總督手指一揮，那片場景便在我們所站窗外的那片廣大原野上出現。我們召喚亞歷山大大帝入宮，但我對希臘文幾乎一無所知，得花費很多功夫才能理解他的言語。他以自身榮譽向我擔保，說自己不是被毒死的，而是因為飲酒過量，嚴重發燒致死 [2]。

接著我見到正在翻山越嶺、爬過阿爾卑斯山的漢尼拔 ，他告訴我，軍營裡連半滴醋也沒有 [3]。

接著又見到凱薩與龐貝站在各自的軍隊的前方，戰事一觸即發。也看見凱薩的最後一場勝仗。我要羅馬參議員在我面前的大廳中現身，以及較為現代的議員們站在對面的另一座大廳內，前者彷彿是英雄、半神人，而後者就像是一群攤販、扒手、強盜與惡霸 [4]。

在我的請求下，總督做出手勢要凱薩與布魯塔斯朝我們走來。一看到布魯塔斯，我心中頓時肅然起敬，他

一看到布魯塔斯，我心中頓時肅然起敬

臉上的每筆輪廓，都能清楚看見最高尚的品德、無畏的勇氣、堅定的意志、真正對國家的熱愛以及對全人類的博愛與慈悲。看到兩人交情匪淺，我內心頓感慰藉。凱薩向我坦白，自己終其一生完成的最偉大的行動，也無法與奪去他性命的這份榮耀相提並論[5]。我很慶幸自己能與布魯塔斯談不少話，感到與有榮焉。他告訴我，自己尤尼屋斯一族的列祖列宗、蘇格拉底、伊帕米諾達斯、小珈圖[6]、湯瑪士・摩爾爵士和他自己會在一起直到永遠，組成最光榮的六人團體，古今中外都找不到第七位有足夠資格加入的人。

　　我先後召喚數不盡的名人偉士，以滿足自己想一窺古代各個時期的無窮欲望，這裡就不贅言，以免操煩讀者，被譏笑太過瑣碎。我想見的，主要都是推翻暴君者與篡位者、拯救國家免於迫害與危險之人。雖然我只能用這種方式來娛樂讀者，我心中所獲得的滿足無法訴諸筆墨。

註解

　　1 斯威夫特在此帶領讀者進入亡者的世界，或許是取自於琉善的《亡者對話錄》(*Dialogues of the Dead*)。我們無法確知，在展示人類行為與背後的普世道德意圖外，斯威夫特是否尚有其他目的。這些通常都以其真實面貌出現，不受周遭的情感或偏見影響。斯威夫特有可能透過名人的亡魂，諷刺那年代的某些人物，如果真的如此，那我們也失去了有助解讀的關鍵。

　　歐瑞里領主說：「我想根本無法從鬼魂的習性、言語找出斯威夫特安排召喚一群鬼的用意，這些鬼魂就跟蓋《你叫

祂什麼》(*What d'ye Call It*) 中的鬼一樣無足輕重。或許斯威夫特大致的計畫是希望能蓋棺論定傑出人士之罪狀，以及將他們的名聲與形象傳達給後人，撕下他們以往在人們心目中的虛假形象。如果這些就是他的目的，那他失敗了，或者至少為其喜愛戲謔的性格所嚴重耽誤，原先該從這樣一則寓言故事中得到的寓意，反而變得模糊不清。

2 歐瑞里領主對這段的批評既未切中要點，也有失公允。他說：「經過格列佛的暗示後，這句希臘名諺的原意已然失落，世界的征服者居然宣示自己是飲酒過度致死，而非遭人下毒。」歐瑞里表示這段論述既瑣碎又不合宜，因為亞歷山大應該說一些活著時候的重大事件。

霍克斯沃斯博士較為贊同斯威夫特諷刺的論點。「亞歷山大經歷阿畢拉戰役，率軍凱旋進入遙遠的國度，卻只聲明自己死於飲酒過度，這種不起眼又可笑的理由竟然是亞歷山大率軍遠征、擊倒強大帝國、讓一個國家血流成河的最終目的。其名僅載錄於墓誌銘中，重複念誦幾次後，連他自己都不再認真看待。因此斯威夫特想讓他在復活時至少能與他在世時同等重要，而這段尖酸的諷刺實在恰到好處。」

我們認為此處有更高深的道德寓意，甚至連霍克斯沃斯

博士都提出見解，也就是說，我們在世時所做的事情，死後根本不值一提，唯有真理是永恆的，也唯有真理至關重要。於是亡故的英雄最重要的任務為宣示真理，也因此亞歷山大要為安提帕特洗清形象，甚至以此自我消遣。

3 此處明白地暗示作者不相信利維 (*Livy*, Book xxi, chap. 37) 所說的漢尼拔故事。他說漢尼拔翻越阿爾卑斯山時，曾遇上一塊堵住前路的岩石。漢尼拔靠著燃燒木材來加熱岩石，等到溫度夠高時，再倒下醋，藉此將岩石炸開。「漢尼拔率領大軍，砍下幾棵附近的巨木，得到大批木材，當風勢能生火時，他們將岩石燒到發亮，再倒入醋，讓岩石崩裂。」波利比屋斯沒提過這件事情，至於現代作家，雖然他們承認醋確實有此功效，仍是質疑漢尼拔是否有充足的醋可以達成這項壯舉。

4 龐貝與凱薩的出現只是用來襯托布魯塔斯的登場。斯威夫特安排羅馬參議員與現代議員站在相對的位置，藉此諷刺英格蘭國會。斯威夫特此處的文筆像是困在牢籠中的批判者，而不像是無拘無束、暢所欲言的瓦伯雷。

5 顯然布魯塔斯在斯威夫特心目中的形象非常崇高，透過與凱薩的比較，以及透過凱薩之口表達對布魯塔斯的認可，

斯威夫特想要表達：比起榮耀國家卻奴役人民的英雄，他更加認同這名為了國家著想，因此犧牲好友的絕望愛國者。

6 歐瑞里領主搞混小珈圖與審查員珈圖，因此犯下這不尋常的錯誤。霍克斯沃斯博士對此評論：「大人的這段註記是在讚頌作者的評論。斯威夫特分得出審查員珈圖與小珈圖是非常不同的人物，而且他大有理由更加喜好後者。」

第八章
歷史與亡者的國度

〔進一步描繪格魯都錐比，並導正古今的歷史。〕

我很想見到那些以才智與學識淵博而聞名的古人，因此刻意騰出一天的時間。我提議讓荷馬與亞里斯多德出現於所有議論過他們的人面前，不過因為人數太多，導致數百人被迫在宮廷與外殿等待。我一眼就能辨認出兩位主角，他們不僅鶴立雞群，彼此也迥然不同。荷馬身高較高，長相較為清秀，以他的年紀來說，走路的樣子還頗為挺

拔，而他那雙眼睛，是我見過最為靈敏、銳利的[1]。亞里斯多德身形佝僂，拄著手杖，臉龐消瘦，頂著一頭稀疏的直髮，聲音空洞低沉[2]。我很快地發現，其他人完全不認識這兩位，他們從未見過或聽聞過。一位不具名的鬼魂輕聲告訴我，這些評論者嚴重誤導後世對這兩人的作品做出錯誤的詮釋，因此自認羞愧難當，在冥界之中，也總是遠離這兩位主角，待在最遙遠的角落中。我將多馬與歐斯塔休斯介紹給荷馬認識，並說服他善待這兩位。不過，這兩人或許不值得受到這樣的善待，因為荷馬很快發現這兩位才華不足，因此話不投機。我將史考特斯與拉姆斯介紹給亞里斯多德認識時，亞里斯多德聽了我對這兩人的介紹，不耐煩地質問，其他人是不是也跟這兩人一樣都是大白痴[3]。

接下來，我希望總督召喚笛卡爾與伽桑狄，並且試著解釋那兩人當代的學術知識給亞里斯多德聽。這位大哲學家大力坦承自己在自然科學上所犯下的錯，因為他

跟所有人一樣，很多事情都需要靠著揣測。他也發現，伽桑狄盡可能地讓伊比鳩魯的學說迎合時人，但其與笛卡爾所提倡的漩渦理論，如今都已被推翻[4]。亞里斯多德預測，現今的博學智士所大力倡導的引力論，也會遭遇相同的命運。他說道，關於大自然的新系統都只是新的潮流，隨著時代而變化，即使有人假以數學原理來證明自己的新系統，也只是一時蔚為風潮，被戳破後就不再流行[5]。

我花了五天跟古代的學者們交談，也見了大部分早期的羅馬皇帝。我說服總督召來埃拉伽巴路斯的廚師為我們準備伙食，然而食材不足，他無法大展廚藝給我們看。斯巴達王阿格西萊二世的奴隸幫我們準備了一道斯巴達式肉湯，不過那湯太難以下嚥，我無法喝下第二口。

帶領我前來的兩位紳士因為有緊急的私事，得在三天內返回。於是我利用這三天的時間去見一些與世長辭的近代偉人，他們都是我國和歐洲其他國家過去

斯巴達王阿格西萊二世的奴隸幫我們準備一道斯巴達式肉湯

兩、三個世紀以來叱吒風雲的大人物。我向來十分崇拜歷史悠久的名門望族，於是便要求總督召來一、二十位國王，與其祖宗八、九代依序出現。然而事情出乎意料，讓我大失所望。我原本希望能見到一長列的貴族，竟然在一個國王的家族中，見到兩位小提琴家、三位光鮮亮麗、逢迎諂媚的朝臣、一位義大利主教。另一個國王的家族中則有一位理髮師、一位修道院長、兩位紅衣主教。但是，我總是非常崇拜頭頂著王冠的人，因此沒特別去追究高潮迭起的家族興衰史。至於公、侯、伯、子、男爵等等，更是讓我興趣缺缺。實不相瞞，我因為自己能辨識出某個家族的特徵並追本溯源，而感到喜悅。我可以清楚地發現某個家族遺傳著長下巴；為何某個家族出了兩代的惡棍，又生了兩代的笨蛋；又為何第三個家族得了失心瘋，第四個家族專出騙子，正如同波利多爾・維吉爾對某個家族的說法：「既非壯夫，亦非貞婦」——殘忍、虛偽、懦弱又是如何成為某些家族如盾徽一般的特

徵；究竟是誰最早將梅毒引進豪門之中，將淋巴瘤遺傳給後世。因此當我見到某些家族的血脈中參雜侍從、奴才、男僕、車夫、賭徒、提琴手、花花公子、軍官與扒手，也絲毫不感訝異。

最讓我覺得噁心的莫過於現代歷史。在我嚴加檢視過去百年以來宮廷中所有享譽盛名的人士以後，我發現世人多被出賣自我的作家所誤。這些作家讓膽小之人坐擁馳騁沙場的豐功偉業；讓愚蠢之人成為構思出最聰明的策略之人；讓阿諛之人顯得真摯；讓叛國者具備古羅馬的美德；讓無神論者變得最為虔誠恭敬；讓雞姦罪犯忠貞純潔；將告密者所言化作真理。奸臣利用法官的腐敗與派系惡鬥，處死或放逐多少無辜與卓越之人？有多少壞蛋受到提拔，坐享地位最高的恩寵、權位、身分與利益？宮廷、樞密院、參議院所提的建議與事務中，又有多大的部分的行徑幾乎無異於老鴇、妓女、皮條客、寄生蟲與弄臣？當我真正知道世界上的偉大事業與革命

的起源與動機，以及它們之所以能功成完全是出於意外之後，不禁對人類智慧與氣節嗤之以鼻。

這時我終於見識到，那些杜撰軼聞或祕史之人，是多麼惡劣與無知，他們只靠一杯鴆酒，就能葬送許多國王。只要沒有目擊證人，他們就能不斷重複國王與首相之間的對話，也能任意揭露大使與國務卿的思想與祕辛，然而這些話總不幸地被弄錯。同時，我也發現不少讓世人為之驚嘆的偉大事件幕後的真實緣由，例如妓女是如何控制幕後黑手、幕後黑手是怎樣去掌控樞密院、樞密院又是如何控制參議院的。某位將軍當面向我坦承，曾單單因為膽小與指揮不當而意外地打了一場勝仗；有位海軍上將因為沒有掌握到確切情報，反而擊敗了他原先想帶艦隊前往投誠的敵軍 [6]。有三位國王向我述說，自己在位期間，除非是自己誤打誤撞，或者被寵信的大臣所蒙蔽，不然他們從來沒有獎賞過任何有功之人；而且，如果再給他們一次機會活著，他們仍舊不會改變其作法。

他們以強而有力的論點表示，王權必須依靠腐敗的支持，因為美德所給予人的正直、自信、擇善固執，永遠是辦理公眾事務的絆腳石 [7]。

出於好奇，我想用一種特殊的方式來詢問三個國王，他們是靠什麼方式來讓自己獲得榮譽的頭銜及萬貫家財。我只詢問近代，沒有問到我們當代人士，以確保自己不會冒犯到任何人，即使是外國人也一樣（我希望能無庸置疑地告訴讀者，在這項話題中，沒有任何影射自己國家的意思）。於是我們召來了很多相關人士。只是稍加檢視，就發現許多骯髒的勾當，使我不得不嚴肅看待。作偽證、壓迫、教唆、詐騙、買賣淫以及許多其他這樣的問題，已經是他們所提及的罪刑中，最能饒恕的詭計。有些人坦承自己是靠著雞姦或亂倫；有些人承認是靠著逼迫妻女為娼；有些人承認是靠著欺君叛國；有些人靠著下毒；更多人則是靠著扭曲司法來摧殘無辜之人。這些人藉由這些手段來獲取高位。對那些居高位者，

我自然而然地向他們高貴的人格致上最高的敬意，但若是這些發現讓我的敬畏之心稍微減少，尚請見諒。

我經常讀到對國君與國家有偉大貢獻的事蹟，因此希望能親眼目睹做出這些事蹟之人的風采。經過詢問後，我才知道，歷史經常完全沒有記載這些人，或只將其中少數的人記載成罪大惡極的盜匪與叛徒。至於剩下的人，我根本不曾聽聞他們的大名。他們出現時都愁容滿面，衣衫襤褸。其中大部分的人告訴我，他們死於貧窮、受盡羞辱，其他的人則是命喪斷頭台或絞刑架上。

其他人中，有個人情況有些特殊。他身旁站了一位約十八歲的青年。他告訴我，自己擔任船艦指揮官多年，在亞克興海戰中，受到幸運之神的眷顧，得以突破敵方戰線，長驅直入，擊毀三艘主力旗艦，並俘虜另一艘，而這成了迫使安東尼逃亡、奠定屋大維勝利的唯一原因。他身旁的青年，則是他在本次戰役中陣亡的獨子。他又說道，因為對自己建下的汗馬功勞很有信心，戰爭也即

將結束，於是他便前往羅馬，到奧古斯都的朝廷裡，請求能夠晉升為更大艘的戰艦之艦長，因為原本那位艦長已經在戰爭中陣亡。然而，朝廷對他的請求充耳不聞，反而讓一名從未見過大海的男孩來擔任艦長，而那男孩的母親只是一名曾服侍過皇帝的嬪妃。有功的艦長返回自己的船艦上後，人們指控他怠忽職守，於是整艘船就交給布利寇拉中將寵幸的侍從管理，而他便從此退居於一座離羅馬遙遠的貧困農莊，度過殘生。我對故事的真相深感好奇，於是請求召來該戰役的海軍上將 —— 阿格里帕。他現身證實了完整的說法，而且對艦長多所袒護。不過這位艦長性格謙卑，對於自己的汗馬功勞都只是輕描淡寫或省略不談。

　　我驚訝地發現，羅馬帝國後期生活奢靡，導致如此迅速地腐化。因此當我看到其他國家有相似的狀況時，才不至於如此訝異。在這些國家中，各式各樣的罪惡早已根深蒂固，主將獨自坐擁頌讚與戰利品，然而實際上，

他們出現時都愁容滿面，衣衫襤褸

他卻有可能是最沒資格得到這一切的人。

　　每位召喚而來的鬼魂，外表都與生前毫無差別。因此，我看著百年來人類退化的軌跡，不禁感慨萬分。五花八門的性病所造成的影響，徹底改變英國人的樣貌，像是身形變得矮小、精神委靡、肌腱鬆弛、臉色變得蠟

黃、肉體鬆弛又發出酸臭。

我不恥下問，請求召見一些氣質古樸的英格蘭自耕農。這些人簞食瓢飲、衣著純樸、辦事公正、享有真正的自由、以及英勇無畏的愛國情操，因此他們名揚四海。我將生者與死者做過比較後，不禁感慨，人類原本擁有的純潔美德，將被後代子孫為一點臭錢而出賣。他們出賣自己選票，操弄選舉，承襲宮廷中才能學習到的一切罪惡與腐敗 8。

註解

1 本章格列佛召喚的對象從戰士與英雄變成詩人、哲學家與文人，荷馬自然而然成了他第一個想見的人。從他的敘述中，我們可明顯地看出，在他心目中，荷馬的地位比亞里斯多德高。他將荷馬描述為兩人中較高、較清秀者，不過大家也鮮少會將兩人做比較。荷馬這位詩人的步伐充分展現創作永垂不朽的生命力，不會隨時間過去而消散；而靈敏、

銳利的雙眼或許代表他慧眼穿雲，幾乎是一種直覺。他就像我們英國的莎士比亞，聰明絕頂，其才智堪稱唯一的人上之人。

2 與歐瑞里領主一樣，斯威夫特似乎無法認同亞里斯多德的特質或思想。斯威夫特將亞里斯多德描述成常常停下腳步，需要拄手杖的人，表示這位偉大哲學家禁不起時間的考驗。或許斯威夫特與歐瑞里兩人都確切地反映那年代的想法。然而之後還有近代的哲學家，像康德、黑格爾、布蘭帝斯、庫贊與威廉‧漢彌爾頓閣下，他們全都擁護亞里斯多德的偉大，讓他重拾崇高的地位，恢復長久以來世人所認定的、世上最高深與奧妙的思想家的地位，因所有的哲學體系都受他的思想的影響，並連帶影響日後所有思考模式。康德與黑格爾斷言他的《工具論》(*Organon*) 是一字千金之作。格拉斯哥大學已故的尼可教授曾寫一份深奧的研究，刊於《帝國傳記集》(*Imperial Dictionary of Biography*)，文中比較亞里斯多德的學識與為人：「普遍認知中的亞里斯多德，嚴格來說只算抽象概念——一名強大樸實、才能出眾的學者，對人類的興趣不感到任何興致，不再受制於人類的情感。實際上的亞里斯多德卻外觀纖瘦、穿著一絲不苟、選擇婚姻生活、不愛蓄

鬍、長著一雙小眼，還具有女性化的聲音。」

　　3迪·摩根教授說：「當斯威夫特把史考特斯與拉姆斯喚來，站在亞里斯多德面前，就像帶著多馬與歐斯塔修到荷馬面前一樣，展現出自己身為一名學者根本不該有的無知。如果是在現代，他也會在書中安排穆卡洛克與克伯特分別站在亞當·斯密面前。到時拉姆斯就會提出《不論亞里斯多德如何，蘇格蘭人一定更理想》(*Quæcunque ab Aristotele, et multo magis a Scoto , dicta essent, Commentitia esse*)，克伯特則會問斯威夫特帶他來認識兩位蘇格蘭哲學家用意為何。」

　　4斯威夫特安排迪卡爾與伽桑笛登場，以及兩人所繼承的亞里斯多德學說，藉此表達自己對這兩人沒有好感，不過我們不需要過於認真看待他對哲學家與哲學的想法。我們必須將笛卡爾與他的推論看成現代心理學的重要開拓者，為英格蘭的洛克、日耳曼的萊布尼茲，以及法國的孔迪亞克等後輩奠定基礎。斯威夫特所批評的笛卡爾漩渦論，認為天空是一股龐大的流體，像漩渦一樣繞著太陽旋轉。斯威夫特最忠實的日耳曼評論者薛克說他讀到這些物理問題時，腦袋也陷入他自己的漩渦中。若不是他天資聰穎，理解力強，阻止他繼續深入探究，恐怕無法脫身。隨著物理學的假說不斷發表，

漩渦論這粗糙的假說到了今日已經鮮有人採用。與笛卡爾同年代的對手伽桑狄，則是探討我們知識的源起。伽桑狄是個天資聰穎、博學多聞之人，人們說他是「最具哲學素養的文學家，以及最具文學素養的哲學家」。他出版兩大作品《伊比鳩魯的人生與道德觀》(*De Vita et Moribus Epicuri*) 與《伊比鳩魯的憲政哲學》(*Syntagma Philosofiae Epicuri*)，在作品中努力重新建構伊比鳩魯的理論。該理論在古代受到過譽，於今則被過分貶低，卻從未有人能替其辯解。歐瑞里語帶誠懇地說：「他的自然哲學十分荒唐，他的道德哲學缺乏合適的基礎，也就是對神的敬畏。」儘管貝利身為伊比鳩魯思想的鼓吹者，仍坦承說：「我們說不出有關於他誠信的優點，也說不出他宗教觀念的缺點。」

5 華特・史考特說：「本段與其他段落都顯示出斯威夫特對自然科學的認識只有一點皮毛，卻依舊鄙視研究該學科的教授。」然而在《優雅和巧妙的談話全集》(*Polite Conversation*) 的緒論中，斯威夫特以自己那種拐彎抹角又諷刺的文筆，表面上慷慨地恭維牛頓。我認為斯威夫特決定寫作《伍德的半便士》(*Wood's Halfpence*) 時，牛頓就已經在他心目中失去一席之地。我們也大有理由質疑在下個增補的段

落中，史考特所影射的部分，意在讚揚哲學家。「已經有不只一位可信人士向我保證，有些政敵是如何殷勤地閒言閒語，說那個曾住在萊斯特公園之後在塔中鑄幣廠擔任工匠的艾薩克·牛頓，可能想在未來跟我一爭高下，比較雙方的名聲。這個人似乎是因為製作的日晷比同行好而受封貴族，還因為他是唯一知道如何在石板上畫線跟圓圈的人，而被認為是魔法師。然而對所有具崇高理想、想要讓名聲淵遠流傳的人來說，如果無名技師之鬼魂也能與我爭鋒，就只是因為他具備能以鉛筆製作鐵鉤與衣架的技術，而那樣的技術眾多的有才男女都能以艾薩克閣下那種難以理解的方式，靠著紙、筆、墨做到，也未免太可惜了。」

6 根據華特·史考特的推論，斯威夫特此處很可能是在影射一六九二年，拉霍格戰役前，羅素上將的所作所為。當時他指揮英格蘭與荷蘭艦隊，即使他從威廉三世身上獲得許多獎勵與榮耀(他邀請威廉三世前往英格蘭)，卻滿足不了他的狼子野心與貪婪。他在當時便是抱持如此心態，心懷不軌地與詹姆士二世來往。為了協助詹姆士二世重奪王座，甚至提議支開艦隊，讓入侵者有機可乘，登陸英格蘭。即使他汲汲營營地密謀造反，內心仍充滿英格蘭情感，或許還有敬業

精神，因此得以嚇阻敵軍，如果他遇上法國艦隊，即使國王本人就在船上，仍會與之交戰。他說到做到，五月十九日時，他在拉霍格與法國艦隊交戰，並取得勝利。這場聖戰粉碎他原先計畫復辟的君王的希望。

7 史考特認為此處影射的三位君王很可能是查理二世、詹姆士二世與威廉三世，這三人都未獲得斯威夫特的青睞。

8 斯威夫特幾乎不會放過任何機會去批評內閣為了讓自己的政黨奪回國會，而做出的腐敗行徑，如賄選，同時也影射朝中的罪惡與陰謀。斯威夫特打發掉前兩章遇上的亡者時，不禁讓我們認為他無法善加利用自己的才能，不論是以諷刺作家、道德學家，或基督教神職人員的身分，來充分描寫這個場合。

第九章
前往不死國

〔本章描述格列佛回到馬多納達，向拉格納格王國航行、遭到囚禁、受召進宮的經過，以及謁見的方式，與國王對臣民的寬宏大量。〕

離別之日到來，我向格魯都錐比的總督大人道別，與兩位同伴回到馬多納達；經過十四天的等待，終於有艘船準備前往拉格納格。兩位紳士與其他人都慷慨友善，為我提供所需的飲食，並送我上船。我們航行一個月，中途遇上一陣狂風暴雨，被迫轉向西方，

進到信風帶之中，並持續航行超過六十里格。一七〇八年四月二十一日[1]，我們駛入克魯門尼格的河流。克魯門尼格是座海港都市，位於拉格納格的東南一角。我們在距離港都一里格內的地方下錨，發出信號，表示需要引水人，不到半小時就有兩位登上甲板，帶領我們避開暗礁與礁石，穿過航道，並抵達一處大海灣。船艦可以在距離城牆不到一條纜繩的距離內，安全地開進去。

　　不知道是出於陰謀還是疏忽，幾位船員告訴引水人我是外地人，是走過萬里路的大旅行家。於是，引水人通報了海關，我一登陸，就受到非常嚴格的檢查。海關用巴尼巴比語跟我交談，城中大部分的人因為貿易往來，都能聽懂巴尼巴比語，特別是水手與海關人員。我簡短敘述一些細節，盡可能地讓故事聽起來十分可信，且前後一致。我認為自己有必要偽造國籍，便說自己是荷蘭人，因為我的目的地是日本，而我知道荷蘭人是唯一獲得准許入境日本的歐洲人。我告訴官員，我在巴尼巴比

海岸邊遇難，我的船隻撞上礁石，之後被帶去拉普達，或者所謂的飛行島（他可能比較常聽到這稱呼），現在我正努力前往日本，或許那裡有機會讓我回到祖國。官員表示，在他獲得朝廷指示前，必須將我監禁起來。為此他立即寫信上奏，希望能在十四天內獲得回覆。我被帶往一處便利的住所，門口有一名衛兵，不過我能自由進出大庭園，且我受到的待遇非常友善。這段期間我的花費都是由國王負責。有幾個來拜訪我的人是因為得知我來自他們聞所未聞的遙遠國度，出於好奇想與我交談。

我僱用同船的一名年輕人來擔任翻譯員，他是拉格納格的在地人，不過在馬多納達生活了幾年，因此完美精通雙方語言。有了他的協助，我就能跟兩位拜訪我的人士對談，不過內容也僅限於彼此之間的問答而已。

朝廷信件抵達的時間與我們預料的差不多，裡面包含一張諭令，批准我能帶著隨從，在十名騎兵陪伴下，前往特拉格拉都或特利卓德利——印象中，兩種念法都

有人使用。僅有那名被我說服擔任翻譯員的可憐小夥子作為我的隨從，且我為我們各自求到一頭騾來騎。有位信使在我們抵達宮廷的半天前，就已經向國王報告我即將抵達，請求陛下找個良辰吉日，賜予我「舔拭陛下腳凳前的灰塵」的榮譽。這是這裡宮廷的風格，而我也發現這不是光說不練。抵達兩天後，我獲准晉見，被命令要匍匐而行，邊舔邊前進。不過我是外地人，因此他們特地事先清理地板，讓灰塵不至於令人作嘔[2]。只有位高權重之人接見來賓時，賓客才能有如此禮遇。但有時候，求見者剛好是朝中人的眼中釘，地板上便會撒滿灰塵。我曾親眼看見一位大人物滿嘴灰塵，當他爬到王座前的適當距離處時，已經說不出半個字了。此時做什麼都無濟於事，因為在國王面前擦嘴或吐出嘴裡的東西便是死罪。

這國家有另一項令我無法苟同的風俗，就是每當國王有意要用溫柔寬大的方式處死貴族時，就會下

我曾親眼看見一位大人物滿嘴灰塵，

爬到王座前的適當距離處時，已經說不出半個字了

令在地板撒上某種由致命物質製成的棕色粉末。人一旦舔到這種粉末，必定在二十四小時內喪命。老實說，這位君王寬厚仁慈，待民如子，值得歐洲君王效法。我得替他說句公道話，執行完這種處決後，國王都會下達嚴令，要求僕人清洗地板上有沾染到粉末的地方，若是有所疏失，恐怕會招致國王的不悅。我親耳聽見他下令鞭笞一名僕人，因為這個人在當班時，不幸忘記在行刑後通知人來清洗地板，有一名年輕有為的領主前往謁見時，便因此無端遭受毒害，雖然國王全無此意。這位好君王寬容大量，當僕人保證不會再犯後，即免除了鞭刑，且沒有給予其他處分[3]。

言歸正傳，當我爬至距離王座不到四碼處時，我輕輕地起身跪好，接著朝著地板磕了七個響頭，並依照昨天晚上他們教我的，講出下列文字：「伊克普靈・葛羅夫斯洛布・斯普特・瑟倫布希歐普・馬拉什納特・茲溫・特諾德巴庫夫・施希歐法德・葛魯布・阿什特」。這是當地法律

規範所有獲准謁見國王的人都必須講的頌讚詞，它可以被如此翻譯：「願天子萬壽無疆，壽命比太陽還長十一個月又一半 [4]。」國王聽到後，說了幾句話，雖然我聽不懂，不過還是照指示回覆：「符路夫特・德林・亞勒里克・督鐸姆・普拉絲特拉德・米爾普什，」意思是：「我的舌頭在我朋友的口中。」這個修辭用白話來說就代表我需要一名翻譯員。於是，我之前提到的青年就被帶上，而靠著他的幫助，讓國王得以盡情地發問一個多小時，我則以巴尼巴比語回答，再由翻譯員用拉格納格語來傳達我的意思。

國王很高興有我作伴，並下令他的「布利夫馬爾克拉布」，也就是宮廷總管，幫我與翻譯員在宮中準備住所，提供我們每日的飲食與一大包黃金供我日常花費。

我完全遵照國王的旨意，在這個國家待上三個月之久。國王十分寵幸我，讓我深感榮幸。不過，我仍認為該與我的妻子家人共度餘生，才更加明智與合理。

註解

　　1 由拉・摩特於一七二六年在倫敦發行的原版《格列佛遊記》中，此處的年份為一七一一年，有明顯錯誤之處。一七三五年，由喬治・福克納在都柏林發行更為精確的版本中，根據一首描寫此事的頌讚詩的說法，阿波羅要求將文中的日期修正。

　　出手相助，
　　導正印刷。

2 我們能明顯見到，此處影射人們必須對羞辱逆來順受，官運才能飛黃騰達。沒幾個人比斯威夫特更了解官場中的權謀，能比喬治一世官員更加貪腐的朝廷也屈指可數。最能確保官運亨通的辦法，就是向國王的男女寵臣表示敬意，以及奉上比敬意更加實惠的厚禮，而這些寵臣為了滿足其貪慾，能出賣任何事物。

3 庫克‧泰勒博士認為斯威夫特利用這個事件，影射愛爾蘭國會褫奪克蘭克帝伯爵一事。喬治一世認為褫奪案有失公允，希望能逆轉結果，讓公爵恢復頭銜與財產權。然而愛爾蘭掌權的政黨拒絕撤回沒收令，導致國王無法達成目標，並對此事表達不滿，而之後仍不得不默許這項決定。

4 此處斯威夫特刻意描述晉見拉格納格國王的儀式以及向他說的誇張言語，我們推測這是用來嘲弄與譴責英格蘭國會習慣使用華而不實又唯命是從的用語。馬爾堡的公爵夫人提出這段敘述：「王公貴族們的說話方式，讓我想起斯威夫特的敘述，而我非常喜歡他筆下描寫晉見拉格納格王的方式。」——此文出自《馬爾堡公爵夫人莎拉的觀點》(The Opinions of Sarah, Duchess of Marlborough)。

第十章
不死人的悲慘¹

〔讚揚拉格納格人；詳細描述不死人；記錄格列佛多次與有些身分地位的人談論不死者。〕

拉格納格人是個大方有禮的民族。儘管他們多少帶有東方人獨有的傲慢，但對於陌生人，特別是朝中的貴賓，仍是以禮相待。我認識不少上流人士，加上翻譯員一直在我身旁，因此我們的對話不會索然無味。

有天我在與一群地位顯赫之人聚會，他們其中一人

問我是否見過他們的「史楚德布格斯」，也就是「不死人」。我回答從未見過，並請他說明，人類注定難逃一死，而「不死」之人是什麼意思？他告訴我，儘管機率微乎其微，但孩子出生時額頭上若有紅色的斑點，並位在左眉毛正上方，那就是不死的記號。依據他的描述，那個記號大概有三便士的銀幣那麼大。不過，它會隨時間長大，顏色也隨之改變。孩子十二歲時，斑點就會變成綠色；到了二十五歲時，變成深藍色；年過四十五，便成為碳黑色，長到跟英國先令差不多大，自此便不再有任何改變。他說，不死人非常罕見。他相信不論男女，這國家裡應該不會有超過一千一百位不死人，估計首都裡約有五十位，至於其他城市中，大約三年前，有一名不死人女孩誕生。不死人並非出生在特定家庭，而是完全由機率決定。而不死人的孩子們，也跟其他人一樣，都只是壽命有限的凡人。

我坦承自己聽到這個事情時，心中湧出無法言喻的

喜悅。告知我這件事的人剛好也通曉我擅長的巴尼巴比語，於是我忍不住高談闊論（或許是有些誇張），高興地大喊著：「這真是個幸福快樂的國家啊，每個孩子都有機會永生不死。真是幸福的人們，有幸與許多具備古代美德的人物典範生活在一起，並有導師能隨時教導他們前人的智慧。不過，最幸福的非這些優秀的不死人莫屬了，他們生來就免於普通人都要面對的災難，他們心靈自由，無所牽掛，不需要擔憂死亡，因此不用忍受這種無盡的精神重擔與抑鬱。我很驚訝朝廷中並沒有任何如此不凡的人。既然不死人額頭上的斑紋顯而易見，我不可能沒有看到。況且，國王如此英明，不可能不去任用諸多如此睿智能幹的顧問。也或許是因為那些值得欽佩的賢哲的嚴格德行，不適合朝廷那種腐敗又放蕩不羈的作風。經驗告訴我們，年輕人過於主觀與善變，因此聽不進長者明智的教導。不過，既然國王樂於讓我接近，我便打算下次謁見時，充分運用翻譯員的幫助，開誠布

真是幸福的人們，有幸與許多具備
古代美德的人物典範生活在一起

公，告訴國王自己對這件事情的看法。不論他是否願意接受我的忠告，有件事情我已經下定決心了，那就是，之前國王不斷要我定居於此，我決定滿懷感謝地應邀留下。如果這些卓越不凡的不死人願意接納我，我將與他們一同對話，度過餘生。」

　　當我跟先前提到那位能夠講巴尼巴比語的紳士談論自己的想法時，他臉上露出一抹微笑，這笑容通常是出自於同情對方的無知。他告訴我，隨時都很高興能與我相處，希望我同意讓他向眾人我解釋為什麼會提出這樣的論點。經過他的解釋，眾人以拉格納格語討論一段時間，不過我聽不懂任何一字一句，也無法從他們的表情看出任何他們對我言論的感受。眾人沉寂片刻後，那位紳士告訴我，他的朋友與我的朋友（他認為能自稱我的朋友）聽到我談論永生不死的大幸福與好處的睿智論點，也很想詳細知道，如果命運使我生來成為不死者的話，我又要過著什麼樣的生活？

我回答道，我常常幻想自己是國王、將軍或者大領主並以此自娛，所以如果他們要我對如此豐富多元又快樂的主題表達意見，對我而言還真是輕而易舉。就眼前這件事情來說，我時常深思，若真的能永生不死，要做哪些事情來消磨時間呢？

　　我若有幸生為一名不死人，一旦我能透過理解生死間的差異來探索自己的幸福，我首先要做的，就是用盡一切方式賺取財富。為了達成目的，不論是靠著省吃儉用，或是苦心經營，我合理期望，大概兩百年內就能成為王國裡最有錢的人。我第二件想做的事情，就是從年輕時就開始投身學習藝術與科學，隨著時間過去，我便能在學術領域超越所有人。最後，我會仔細地記錄國家所發生的每個重大行動與事件，毫無偏頗地記錄下各朝各代君臣們的性格。我也會如實記錄風俗、語言、服飾風格、飲食以及娛樂的種種變遷。當我達到目標後，應該就是一位知識與智慧的活寶，且一定能成為國師了。

六十歲後，我不會結婚，並繼續過著好客的生活，不過依舊省吃儉用。我會以形塑與指導有為青年的心靈與思想為樂，並以自己的記憶、經驗以及觀察來說服他們，且以在公共及私人生活中都十分受用的美德實例來強化論證。不過我會挑選與我同為不死人的弟兄，擔任常相左右的同伴。我會從古至今挑選出十二名成員。他們當中，只要有人缺錢，我就會在自己的宅邸提供方便住所，並總是要其中幾位陪我用餐。你們凡人之中，只有最尊爵崇高者才能夠受邀。長時間下來，我會看淡你們的死亡，即使失去凡人的朋友，也只會稍感遺憾，甚至不會有任何感受，並以相同方式來對待你的後代子孫，正如同人們每年都種植石竹花與鬱金香來娛樂自己卻從來不會哀嘆花朵的凋謝一般。

這些不死人和我會交換彼此在時間進程中的觀察與紀錄，闡釋腐敗是如何一點一滴地滲透世界之中，並不斷地給予世人警告與指導，好讓他們一步一步抵抗腐化。

此外，輔以我們切身經驗的強大影響力，就有機會阻止人們世世代代悲嘆的那人性永無止盡的墮落。

除此之外，我還想親眼見證城邦與帝國的興衰、上下流社會的階級流動、古老的城市化作廢墟、荒村成為國王所在的王都、聞名天下的大江大河乾涸成小溪、海洋一側的海岸化作旱土，另一側卻海水倒灌、彬彬有禮的國度被野性顛覆，以及蠻族成為文明人。屆時我會看見人們所發現的經緯度、永動機、萬靈丹以及其他偉大的發明都將臻至完善。

在天文學方面，我們也會有美妙的發現。我們能長久地觀察彗星的往返，能看到日月星辰的運行軌道，也能見到自己在天文學的預言成真。

我口若懸河地對其他題材發表議論，畢竟人性對無窮的壽命與凡間的幸福是如此渴望，因此我能輕易地滔滔不絕。就像之前一樣，當我講完後，由翻譯員轉述給其他人。他們聽到後，用當地語言談論了一陣子，其中

有人嘲笑我。最後，那位翻譯員告訴我，其他人要求他導正我的錯誤。他們認為我會犯下這些錯誤，並非全然是我個人的問題，而是因為落入人性的無知。事實上，這些不死人只存在於他們的國家，他曾經有幸，奉國王之命擔任駐巴尼巴比或是日本的大使，兩國卻沒有不死人。這兩國之人聽聞不死人的事情都感到不可思議，從我首次得知此事時，臉上驚訝的表情亦可得知，這件事對我而言也是何等新奇且難以置信。在他派駐這兩國的期間，他對當地的風土民情十分熟悉，並發現人類普遍的慾望與希望就是能夠長生不死。而一隻腳踏進棺材的人，必定竭盡全力地不讓另一隻腳也踏入。年邁者都希望能多活一天，並將死亡看做是最大的邪惡，出於天性，他們都在躲避死亡。只有在拉格納格這座島上，人們不斷親眼目睹不死人的案例，因此不會如此渴求長生不死。

他說我所構想的生活系統中，人能永保青春、健康與活力，這非常不合理，也非常不妥當。即使是愚蠢之

人，也不會如此天馬行空 [2]。因此是否希冀長生不死的問題並不在於人類能否選擇處於年輕力壯、身強體健的黃金歲月，而是在於能否應對老年所伴隨的不便。面對這些嚴苛的條件，鮮有人願意成為不死人，但他仍在前述的巴尼巴比與日本這兩個國度中，發現人們竭盡所能地延後死亡的到來。除非是遭受到極度的悲傷，或是飽受折磨，不然甚少聽聞有人心甘情願地迎接死亡。他向我請教，在我造訪過的國家，包含自己祖國之中，是否也有這樣普遍的現象 [3]。

這段開場白結束後，他仔細地告訴我更多關於不死人的事情。他說三十歲前，不死人的表現無異於一般人，但是三十歲後，他們就會變得愈發憂鬱與沮喪，這樣的情況會持續到八十歲。這些資訊都是不死人親口告訴他的，因為不死人十分稀少，每個世代頂多兩、三位，也不可能讓他大量觀察。在這個國家中，八十歲被認定是居民壽命的極限。到了八十歲，不死人跟平凡的老人一

樣，有著智力與體力上的毛病，此外，他們還要活在永遠無法死亡的可怕情況之下。他們不只是剛愎自用、暴躁易怒、貪得無厭、驕矜自滿、滔滔不絕，也缺乏社交技能，對天性的情感變得麻木，對曾孫輩以後的子孫毫無感情。妒忌與無力感主宰他們的情緒。而他們所嫉妒的對象，多半是胡作非為的年輕人與一死了之的老人。想到那些胡作非為的年輕人，他們便發現自己再也無法感受到歡樂；每次看到喪禮時，他們就哀嘆這些亡者已經前往避風港安息，自己卻等不到死亡的到來。除了青年與中年所學所見之外，他們不具有其他事情的記憶。即使有，也是殘缺不全。對於真理或者事實的細節，習俗還比他們最清楚的回憶更值得信賴。在他們之中，較不那麼悲慘的就是那些失智與完全失去記憶的人，這些人能夠獲得更多的憐憫與協助，因為他們已不具有其他成員的惡劣特質。

若不死人與不死人成親，依照國家法律，當兩人中

較年輕者年滿八十歲時，婚姻關係就自動解除。因為法律認為，這些不死人沒有犯錯卻遭受詛咒而必須永遠活在世上，於理來說，應該准予豁免漫長婚姻中妻子這種帶來的負擔與痛苦。

當不死人年滿八十歲，在法律上便視同死亡，繼承人便能立即繼承他們的財產，只留下非常少量的特留分供不死人生活所需，貧窮的不死人則是由公費照顧。到了那個年紀後，他們就不再能從事任何信託或者營利性工作，也不能購地或是租賃。他們也不被允許擔任民事或刑事訴訟的證人，甚至不能擔任負責決定地標與地界的證人。

到了九十歲時，他們牙齒跟頭髮掉光了，也不再能分辨味道，只是單純拿到什麼就吃什麼、喝什麼，沒有半點感受或是胃口。原本生的病仍會繼續留存，不會增加也不會減少。當他們講話時，會忘掉一般事物的名稱、人的姓名，甚至連那些最親密的親友都會忘卻。因為這

些原因，他們不可能以讀書作為消遣，因為他們的記憶力太差，無法從句子的第一個字讀到最後一個字。這項缺憾，剝奪他們唯一可能從事的娛樂活動。

這國家的語言日新月異，因此不死人無法理解其他時代的不死人之語言。兩百年後，他們只能用幾個一般用語和凡人鄰居對話。因此，他們在自己國家就像是外國人一樣地不方便。

以上便是我所能回憶他們對不死人的全部敘述。後來，我遇到五、六位生於不同時代的不死人，最年輕的不到兩百歲。某些朋友多次帶他們來見我。儘管已經有人告知他們，我是偉大的旅行家，見識過整個世界，他們卻對此不屑一顧，幾乎不打算問任何問題，只想要我給他們「斯拉姆達斯克」，也就是紀念品。這是一種婉轉的乞討方式，因為他們由公家機關負責扶養，津貼確實少的可憐。即使如此，法律仍嚴格禁止乞討的行為。

那裡的所有人都討厭不死人。當不死人誕生時，人

們將之視為不祥的徵兆，並且非常詳細地記載他們的出生，所以你能從登記簿上查到他們的年齡。然而目前沒有任何一本登記簿留存超過千年，即使有，也因為年代久遠，或是時局動盪不安而遭到毀損。想要計算他們的年齡，通常是詢問他們還記得哪些國王或者偉人，再去查探歷史，因為他們心中所記得的最後一位君王，不可能是在他們八十歲後登基的。

他們是我看過最恐怖的景象，女性的情況比男性更為惡劣。除了一般極其年邁者會面臨的問題外，她們還有另一項讓人不安的特質，而這個特質會隨著年齡增長而加劇，且無以言喻。六位不死人中，儘管他們之間差不到一、兩百歲，我還是能迅速分辨誰最年長 [4]。

根據我以上的所見所聞，相信讀者能輕易相信，我對永恆生命的強烈渴望已大幅降低。我由衷地對原先的美好幻想感到羞恥，並想不論暴君構思何種死法，只要我能逃避這樣的永生，我都能欣然赴死 [5]。國王聽到我

他們是我看過最恐怖的景象

與友人之間的整個討論，開心地笑我，希望我能帶一些不死人回到自己國家，好讓我們同胞不再需要害怕死亡。不過這個國家的基本法似乎禁止這種行為，要不然我原先很樂意勞心勞力，花錢運送這些人。

我不得不贊同，這國家為不死人所制定的相關法律確實有其必要。任何其他的國家，在類似的情形下，也必然這樣執行。因為老化的結果必然是貪婪，隨著時間流逝，這些不死人將會佔據整個國家，並將國家權力據為己有。然而其缺乏管理能力，最終將葬送整個國家。

註解

　　1 本章主要是描述「不死人」，也就是那些永生不死者。薩克萊說：「或許這是全書最哀戚的諷刺。」更甚者，這段對話就是活生生的例子，探討人獲得超出上帝安排的壽命會發生什麼事。本段以非常切身的方式，將寓意傳達給我們，幾乎像是預言一樣，讓我們記起斯威夫特晚年感受到的恐懼，以及它所帶來的悲傷與痛苦。多年來，他時常以悲傷的字眼，向朋友道別。「上帝祝福你，我希望我們不會再見面。」曾有一次，斯威夫特與另一名教士在一塊沉重的玻璃下方走動時，玻璃突

然掉到地上，同伴對兩人能逃過一劫表達感謝，斯威夫特回覆說：「如果今天只有我，我會希望自己沒有躲過。」

歐瑞里領主說：「對不死人的描述具有道德寓意，如果我們認真看待，它可用來舒緩我們對死亡的恐懼。如果我們交換立場，擁有不死人永無止盡的壽命，那死亡不再是恐懼的主宰。對我們來說，死亡已失去它的武器，它反而是朋友，我們將欣然服從它的呼喚，因為這能將我們從最悲慘的情境中獲得解脫。斯威夫特的這段描述以獨特的方式顯示出他的出眾。或許他有感於老化的影響，以自己對人生這個階段有口難言的恐懼作為代表，描寫這些可憐的不死人。

2「要說逐漸衰敗而不死的身體比永恆的青春、健康與活力更為神奇，大概會有人反對。因此再如何愚蠢也不至於如此期望，然而此處所表達的正是那些永生不死者常懷的心之所向：就算無法長生不老，也想長生不死。至於那些企望長生不老者，終究太過虛妄，因為事實上這完全不可能。」——霍克斯沃斯。

3「雖然本段完美展現出只想延長生命，卻不在乎年老所帶來的不便的愚蠢行為，然而大家內心仍妄想在凡間獲得長生不死，並且免於可能地自然狀況，如疾病、意外與衰老的摧殘。

我們或許能這樣回應：當我們不知不覺地成長時，我們不會有所怨言；而所有人到了未來某個時刻時，將再也無法忍受年老帶來的惡況，因此都準備好宣布自己願意赴死；然而在其他人眼中，此刻的他仍僅抓著生命不放，且對著讓他得以維生的條件喋喋不休。為了安撫人們對老化與死亡的恐懼，有道德的作家有必要以此種實用目的而寫作。」——霍克斯沃斯。

4　這裡將不死人的意象描寫得非常憂愁與惡劣，不禁使讀者聯想到尤維納利斯留給世人的傑作，讓我們知道年邁者的努力與悲傷，並且在第十篇諷刺詩中，批判多年來誠摯祈禱，以換取更多壽命的人。

最重要的是，一張又醜又令人作噁的臉，

不同的是皮膚，醜陋者的皮膚，

那些迦納人，其他人皺巴巴，

那些毛，就像母猴搔著她的臉頰，

有個老人，聲音不斷顫抖，

頭就像剛出生的嬰兒一樣滑順，

不再有可以咬麵包的牙齦。

比起身體所承受的痛苦，心智退化與喪失記憶更加糟糕。

但是最重要的，

失去四肢的主要部分，

記不起僕人的名字，也認不出友人的臉龐，

將過去的事情留在夜裡，卻不曾忘卻，

讓他成為父親之人，被他帶來人間的人啊。

即使是基督教賢者，也不喜歡過於長壽。聖奧古斯丁說：「因為即使老年人祈禱，也只是祈求能繼續苟延殘喘地活著。」佩脫拉克在第三十八篇對話錄《年老論》表示：旅行者需要保持豁達，對人生旅途的勞動感到疲累時，便可期代重新開始；對身心俱疲的人來說，沒有甚麼比在客棧歇息更值得感謝的。

5 我們先不論斯威夫特此處對年老的負面描述，轉而看看當時的傑出人士對此所做的反思，即使一面惦記著《格列佛遊記》中的不死人，也都能讓人如釋重負。

華萊士·瓦波爾退居於草莓丘，於一七八五年六月七日，寫一封信給奧索里公爵夫人，將自己喻為已經不再有任何心力與目標的不死人，詳細描述自己身體的問題，信中寫道：「女

士，我要請求您的諒解，一想到您收到的不是一封信，而是一名不死人對自身愚蠢的反思，不禁讓我莞爾一笑。斯威夫特創造這個角色，卻對其一無所知。真是可憐，他無法控制自己的情緒、理解能力衰退，讓他認為這種情形十分不幸。相對而言，若任何人都能感受到衰老，甚至感受到它所帶來的歡樂，就好得多。」

讓我們用強森博士高貴又動人的反思，為此作總結：「我們無法完全認定老年就一定得為焦慮、疾病所苦，老年應該有屬於自己的歡樂，或是藉由反思當下來獲得滿足。現在可期的安逸，肯定是從過去，或是從未來借來的，然而回想過去很快就會厭倦，記憶所及的事件或行為很快就會回顧完畢；未來則是在墳墓的另一邊，唯有透過美德與奉獻才能抵達。對風中殘燭之人來說，虔誠是唯一合適的解脫。不信奉宗教的人在漸漸年老力衰後，智力下降，不斷感受到痛苦與悲傷接踵而來，陷入永無止盡的悲哀，每次反思，肯定讓他陷得更深，且只會發現更多的痛苦與恐懼的絕壁。」

第十一章
日本、荷蘭、英格蘭

〔格列佛離開拉格納格，航向日本；從日本搭乘荷蘭船隻前往阿姆斯特丹，再返回英格蘭。〕

我想關於不死人的敘述，讀者可能覺得饒有興味，因為這似乎有些違反常理。至少，我不記得自己曾在手邊的遊記中讀過。如果我記憶有誤，那一定是描述同一個國家的旅行者們，都不約而同地著重在相同處，不需要擔負借取或是抄襲前人的罵名。

這王國的確與大日本帝國有貿易往來，因此，日本作家們極有可能描述過不死人。不過，我在日本停留的時間不長，加上對他們的語言一竅不通，因此沒辦法詢問。希望荷蘭人讀到這篇介紹時，會好奇想問，如此就能彌補我的遺憾。

國王經常要我在他的宮廷中任職，但見我決意回到故國，便欣然允許我離境，並賜我一封他親筆寫給日本天皇的推薦函。他還賞賜我四百四十塊金塊（這國家的人們喜歡偶數），以及一顆紅鑽。我回英格蘭後把鑽石賣了，賺到一千一百英鎊。

一七○九年五月六日，我鄭重地向國王與所有朋友道別。這位君王十分慷慨，下令讓衛兵帶領我前往位於島嶼西南處的皇家港口格蘭桂斯鐸。不到六天，我就找到一艘準備就緒、能載我前往日本的船。我們航行十五天後，在小港都煞摩斯奇登陸。這個小港都位於日本東南岸，小鎮坐落在土地的西部，向北方延伸進狹長的港，

在西北側則是首都江戶。登陸後，我向海關展示拉格納格國王給天皇的信。上面的印記跟我手掌差不多大，他們很熟悉這印記，上面的圖樣是「國王扶起地上的跛腳乞丐」。鎮上的行政長官聽聞我的信件，將我當作大臣一樣接待，提供車馬與僕役，並且提供我前往江戶的開銷。到了江戶，我獲准晉見天皇，上呈書信。他們以鄭重的儀式打開信封，並透過翻譯員將內容解釋給天皇。他們也向我宣讀陛下的口諭，他要我提出請求，並表示看在他們與拉格納格的兄弟情誼的份上，無論如何，我的請求都會實現。翻譯員負責處理荷蘭人的相關事務，他很快地從我的外觀猜出我是歐洲人，並以流利的荷蘭語重複皇帝命令。我利用先前的說詞回答：「我是荷蘭商人，在遙遠國度遇上船難，因此渡海抵達拉格納格，再乘船來到日本。我知道我的同胞常年與貴國貿易往來，因此希望能藉此返回歐洲。因此，我在此以最恭敬的方式，請求陛下下令帶領我安全抵達長崎。」我又表示，

他們很熟悉這印記

除此之外，我只是遭遇不幸才流落此地，無意在此貿易，請求天皇陛下，看在我的保護人拉格納格王的面子上，能赦免我，讓我不用像我的同胞一樣踩十字架。這段請求經由翻譯員轉述給天皇後，他似乎有些驚訝，他表示我是同胞之中第一個提出如此顧忌之人，並開始質疑我是否真的是荷蘭人，並且懷疑我絕對是個基督徒。不過基於我所提供的理由（當然主要還是看在拉格納格王的面子上），天皇恩准我奇怪的請求，不過必須技巧性地處理這件事。於是他下令，官員放我通過時，假裝忘記踩十字架這回事。天皇也向我斷言，如果我的荷蘭同胞發現這件事，會在旅途中殺了我。經過翻譯員之口，我向天皇回覆對這特別恩寵的感謝之意。當時正好有部隊要行軍至長崎，指揮官獲命要安全護送我前往，同時也獲得關於十字架的特別指示[1]。

一七〇九年六月九日，經過艱辛漫長的旅途後，我抵達長崎。我很快地結交屬於阿姆斯特丹安柏娜號上

的荷蘭水手，這艘船是艘四百五十噸重的堅固船隻。我曾住過荷蘭很長一段時間，並在萊登求學，荷蘭語也很流利。水手很快就知道我剛剛從哪裡來的，並好奇地詢問我的旅途與人生經歷。我盡可能地編造簡短又有可信度的故事，不過絕大部分都掩蓋得很好。我在荷蘭認識不少人，因此能夠編造出父母的名字，假裝他們出身海爾德蘭省，身分低下。船長名叫迪奧多·范格魯特。如果他向我索取回去荷蘭的旅費，我會付給他的。船長知道我是名醫生，因此只收取平時一半的船費，不過條件是要我擔任他的船醫。在我們出航前，水手經常詢問我關於先前提及的踩十字架之事，我則是靠泛泛之詞蒙混過關，說自己在各方面上都有滿足天皇與朝廷的要求。之後，有位壞心的水手向官府舉報我還沒有踩十字架。所幸另一名官員有接獲放我通行的指示，他賞了那壞蛋二十大板，並用竹子打在他的肩上，之後再也沒有人用這些問題騷擾我。

航行途中沒發生任何值得一提的事。我們順著風，抵達好望角，為了獲取乾淨的水而在此駐留。一七一〇年四月十日，我們安全抵達阿姆斯特丹，僅有三人因病過世，還有一人在幾內亞灣的海岸不遠處，從前桅落海。我在阿姆斯特丹搭乘隸屬該城市的小船航往英格蘭。

四月十六日，我們停靠於當斯，隔天下船。經歷整整五年又六個月後，我終於再次見到闊別已久的祖國。隨後，我直接前往雷德瑞夫，在當天下午兩點就抵達，並見到自己的妻子與家人，他們都很健康。

註解

1 本段落描述格列佛在日本受到的待遇。斯威夫特藉此影射一項大眾積非成是的謬誤，那就是荷蘭商人進入日本時，被迫要踩十字架。毫無疑問地，西班牙的傳教士對於基督新教抱持很大的嫉妒與怨懟，這股怨念之大，使處理荷蘭事務的日本官員得有所動作。其每年被迫要鄭重發誓兩、三次，放棄並憎恨新教，還要將十字架踩在腳下，或許這就是上述意見形成的主因。由於荷蘭經營了全歐洲的貿易事業，因此成為他國憎恨的對象。他們的活動範圍受限於長崎港內的出島。船隻抵達時，要先取下槍砲與彈藥，每個角落也得被徹底搜查，還要列出船上物品的完整清單，才獲得登島許可，讓船員登島。在船停泊的期間，船員都會受到警衛的監控。